Me encontrarás en el fin del mundo

NICOLAS BARREAU

Me encontrarás en el fin del mundo

Traducción de
Carmen Bas Álvarez

ESPASA

ESPASA NARRATIVA

Título original: *Du findest mich am Ende der Welt*

Diseño e imagen de cubierta: Christina Krutz
Adaptación de cubierta: María Jesús Gutiérrez

Imagen de la página 191: François Boucher, *Desnudo recostado (Louise O'Murphy),* Alte Pinakothek de Múnich / Archivo Espasa

Depósito legal: B. 23.977-2012
ISBN: 978-84-670-0880-7

Espasa, en su deseo de mejorar sus publicaciones, agradecerá cualquier sugerencia que los lectores hagan al departamento editorial por correo electrónico: sugerencias@espasa.es

www.espasa.com
www.planetadelibros.com

Impreso en España/Printed in Spain
Impresión: Rodesa, S. A.

Espasa Libros, S. L. U.
Avda. Diagonal, 662-664
08034 Barcelona

El papel utilizado para la impresión de este libro es cien por cien libre de cloro y está calificado como **papel ecológico**

A veces se ve algo cien, mil veces,
antes de verlo de verdad por primera vez.

CHRISTIAN MORGENSTERN

1

Mi primera carta de amor acabó en una catástrofe. Yo tenía entonces quince años y cada vez que veía a Lucille casi me desmayaba de amor.

Llegó a nuestro colegio poco antes de las vacaciones de verano, una criatura de otra galaxia. Incluso hoy, muchos años después, me parece que tenía una magia especial cuando apareció por primera vez delante de toda la clase, con su vaporoso vestido azul cielo sin mangas y su largo pelo rubio enmarcando su carita con forma de corazón.

Estaba muy tranquila, muy estirada, sonriendo, la luz pasaba a través de ella, y nuestra profesora, madame Dubois, paseó la mirada por la clase con gesto examinador.

—Lucille, de momento puedes sentarte al lado de Jean-Luc, hay un sitio libre —dijo finalmente.

Se me humedecieron las manos. Un ligero murmullo recorrió la clase y yo miré a madame Dubois como si fuera el hada buena del cuento. Pocas veces he tenido en mi vida esa sensación que sólo se puede experimentar cuando la felicidad te invade de forma totalmente inmerecida.

Lucille cogió su cartera y llegó casi levitando hasta mi banco, y yo agradecí de todo corazón a mi compañero Étienne que hubiera sido tan previsor de sufrir una complicada fractura de huesos en el brazo justo hacía sólo unos días.

—*Bonjour, Jean-Luc* —dijo Lucille con mucha educación. En realidad eran las primeras palabras que pronunciaba, y la mirada franca de sus ojos claros, azules como el mar, cayó sobre mí con el peso de una nube.

Con quince años yo no sabía que las nubes pesan toneladas, y cómo iba a imaginármelo cuando flotaban en el cielo tan blancas y ligeras como el algodón de azúcar.

Con quince años yo no sabía demasiado.

Asentí, sonreí, e intenté no sonrojarme. Todos los demás nos miraron. Sentí que la sangre se me acumulaba ardiendo en las mejillas, y oí que los demás chicos se reían con disimulo. Lucille me sonrió como si no hubiera notado nada, lo que le agradecí un montón. Luego se sentó con toda naturalidad en el sitio que le habían adjudicado y sacó sus cuadernos. Amablemente, me eché un poco a un lado. Estaba casi sin respiración y mudo de felicidad.

La clase comenzó, y de ese día sólo recuerdo una cosa: la chica más guapa de la clase estaba sentada a mi lado, y cuando se echaba hacia delante y se apoyaba en los brazos yo podía ver la pelusilla suave y clara de sus axilas y un trocito diminuto de la piel blanca y delicada que llevaba hasta su pecho, oculto bajo el vestido azul cielo.

Los días siguientes fueron un loco torbellino de felicidad. No hablaba con nadie, me iba a dar largos paseos por la playa de Hyères, la pequeña ciudad en el extremo sur de Francia donde nací, y lanzaba mis sentimientos desbordados por encima del mar. En casa me encerraba en mi habitación y escuchaba música a todo volumen hasta que mi madre aporreaba la puerta y me preguntaba a voz en grito que si me había vuelto loco.

¡Sí, estaba loco! Loco de la forma más bella que se puede imaginar. Loco en el sentido de loco. Nada estaba ya en el mismo sitio, yo el que menos. Todo era nuevo, diferente. Con la ingenuidad y el apasionamiento de un quinceañero, comprobé que ya no era un niño. Pasaba horas y horas delante del espejo, me estiraba y me observaba con mirada crítica desde todos los ángulos para ver si se notaba.

Representaba imperturbable miles de escenas que mi febril imaginación creaba y que acababan siempre de la misma forma: con un beso en la roja boca de cereza de Lucille.

De repente apenas podía esperar por las mañanas el momento de ir al colegio. Llegaba un cuarto de hora antes de que el conserje abriera la enorme puerta de hierro con la infundada esperanza de encontrarme a solas con Lucille. Ni una sola vez llegó ella tan pronto.

Recuerdo que un día, en clase de matemáticas, dejé caer el lápiz siete veces debajo del banco sólo para acercarme un poco más a mi amada, para rozarla como sin querer, hasta que ella, reprimiendo una risita, apartó sus pies y sus delicadas sandalias para que yo pudiera coger lo que simulaba estar buscando.

Madame Dubois me lanzó una severa mirada por encima de sus gafas y me regañó por no concentrarme. Yo me limité a sonreír. ¿Qué sabía ella?

Unas semanas después vi una tarde a Lucille delante de la librería con dos chicas de las que ya se había hecho amiga. Se reían y agitaban pequeñas bolsas de plástico blancas en la brisa de verano.

Luego, como por una maravillosa casualidad, se despidieron y Lucille se quedó un rato delante del escaparate mirando los libros. Yo metí las manos en los bolsillos del pantalón y me acerqué despacio hasta ella.

—Hola, Lucille —dije con la mayor naturalidad posible, y ella se volvió sorprendida.

—¡Oh, Jean-Luc, eres tú! —contestó—. ¿Qué haces aquí?

—Pues... —Jugueteé con la punta de mi zapatilla derecha en el suelo—. Nada especial. Sólo estoy dando una vuelta.

Me quedé mirando su pequeña bolsa blanca, pensando con desesperación qué era lo próximo que podría decir.

—¿Te has comprado un libro para las vacaciones?

Ella sacudió la cabeza, y su largo pelo brillante revoloteó en el aire como finos hilos de seda.

—No, papel de carta.

—¡Ajá! —Mis manos se cerraron dentro de los bolsillos del pantalón—. ¿Te gusta... eh... escribir cartas?

Ella se encogió de hombros.

—Sí, mucho. Tengo una amiga que vive en París —dijo con una pizca de orgullo.

—¡Oh, qué bien! —tartamudeé, estirando los labios con gesto de aprobación. Para un niño de provincias París estaba tan lejos como la luna. Y, además, en ese momento yo no sabía que alguna vez yo viviría allí y, como galerista no del todo fracasado, pasearía por las calles de Saint-Germain como un verdadero hombre de mundo.

Lucille me miró ladeando la cabeza y sus ojos azules lanzaron destellos.

—Aunque me gusta más recibir cartas —dijo. Sonaba como una invitación.

Ese fue el instante que determinó mi hundimiento. Miré los ojos sonrientes de Lucille, y durante unos segundos ya no oí nada de su parloteo, pues en mi cerebro iba tomando forma una idea grandiosa.

Le escribiría una carta. Una carta de amor como el mundo no había visto jamás. ¡A Lucille, la más guapa de todas!

—¿Jean-Luc? ¡Eh, Jean-Luc! —Me miró con reproche y frunció los labios—. ¡No me estás escuchando!

Me disculpé y le pregunté si quería tomar un helado conmigo. «¿Por qué no?», dijo, y nos sentamos en la heladería que había en esa misma calle. Lucille estudió con atención la no demasiado larga carta, pasó las hojas adelante y atrás y al final se pidió una Coup Mystère.

Es curioso cómo se recuerdan después todos esos detalles totalmente insignificantes. ¿Por qué se fijan en la memoria esas cosas tan poco importantes? ¿O es que al final tienen una trascendencia que en un primer momento no captamos?

La Coup Mystère, en realidad una pequeña tarrina de plástico rematada en punta con helado de vainilla y nuez y que uno podía coger directamente del gran arcón refrigerado, se servía en los cafés en una elegante copa plateada.

En cualquier caso, todo sonaba mucho más prometedor de lo que era... aunque ¿qué no iba a sonar prometedor esa tarde de verano en la que el aire olía a romero y heliotropo? Lucille estaba sentada ante mí con su vestido blanco, revolvía con la cuchara larga en el helado y dio un gritito de alegría cuando llegó a la misteriosa y fantástica capa de merengue y luego a la bola de chicle roja que había en el fondo.

Intentó pescar la bola de chicle, y terminamos riendo un montón porque el objeto rojo y resbaladizo se escurría una y otra vez de la cuchara, hasta que por fin Lucille metió los dedos en la copa con decisión y se llevó la bola a la boca con un «¡Por fin!» triunfal.

Yo la miraba fascinado. Ese era el mejor helado que había tomado en mucho tiempo, dijo Lucille muy contenta haciendo explotar un gigantesco globo de chicle delante de su boca.

Y cuando al final la acompañé hasta su casa y recorrimos los caminos polvorientos de Les Mimosas uno al lado del otro, yo casi tenía la sensación de que ella ya me pertenecía.

El último día de clase antes de que empezaran las interminables vacaciones de verano le escondí a Lucille una carta en su cartera. El corazón me latía con fuerza. La había escrito con toda la inocente pasión de un chico que se creía adulto y todavía estaba muy lejos de serlo. Había buscado metáforas poéticas para describir a mi amada, había expresado todos mis sentimientos con gran emoción, había utilizado todas las palabras grandilocuentes que existían, le había confesado a Lucille mi amor eterno, había plasmado atrevidas visiones del futuro, y tampoco se me había olvidado una propuesta muy concreta: le pedí a Lucille que en los primeros días de vacaciones viniera conmigo a las Îles d'Hyères, una romántica excursión en bote a la isla Porquerolles de la que yo esperaba grandes cosas. Allí, en la playa desierta, por la tarde, le regalaría un pequeño anillo de plata que el día anterior había comprado con el dinero que conseguí que mi bondadosa madre me adelantara de la paga. Y después —¡por fin!— llegaríamos al beso tan ansiado por mí que sellaría para siempre nuestro amor juvenil e inmortal. Para toda la eternidad.

«Y así pongo mi corazón ardiente en tus manos. Te quiero, Lucille. Por favor, contéstame pronto».

Me había pasado horas pensando cómo acabar la carta. Había tachado la última frase una y otra vez, hasta que ganó mi impaciencia. No, no quería esperar un solo segundo más de lo necesario.

Hoy no puedo evitar reírme cuando pienso en todo aquello. Aunque por mucho que quiera estar por encima de aquel chico enamorado y lleno de entusiasmo, queda una pizca de lástima, debo admitirlo.

Porque hoy soy diferente, del mismo modo que todos cambiamos.

Pero aquel día caluroso de verano que empezó de forma tan alentadora y acabó de modo tan trágico yo rezaba por que Lucille correspondiera a mis sentimientos exaltados. Evidentemente, mis rezos eran de naturaleza retórica. En el fondo de mi corazón estaba absolutamente seguro de una cosa: yo era el único chico de la clase con el que Lucille se había tomado una Coup Mystère.

No sé por qué tuve que rondar aquella tarde tan cerca de la casa de Lucille. Tal vez todo habría salido de otra manera si yo no hubiera dirigido mis pasos impacientes hacia Les Mimosas, donde vivía ella.

Justo iba a torcer por el pequeño sendero de arena, a lo largo del cual había un muro alto de piedra que quedaba casi oculto por olorosas mimosas de tonos dorados, cuando oí la risa de Lucille. Me quedé parado. Escondido tras el muro, la espalda apoyada en la áspera piedra, me incliné un poco hacia delante.

Y entonces la vi. Lucille estaba tumbada boca abajo en una manta, a la sombra de un árbol, sus dos amigas a derecha e izquierda. Las tres soltaban alegres risitas, y pensé todavía con cierta benevolencia que a veces las chicas pueden ser bastante simples. Pero entonces comprobé que Lucille tenía algo en la mano. Era una carta. ¡Mi carta!

Me quedé inmóvil, agazapado bajo cascadas de ramas de mimosa, apreté las manos contra la piedra caliente, negándome a aceptar la imagen que se había grabado en mi retina con dolorosa nitidez.

Pero era la realidad, y la voz clara de Lucille, que sonó de nuevo más fuerte, se me clavó en el corazón como un trozo de cristal.

—Y escuchad esto: «Y así pongo mi corazón ardiente en tus manos...» —leyó exagerando la entonación—. ¡¿No es para ponerse a gritar?!

Las chicas se volvieron a reír, y una de las amigas se revolcó de risa por la manta, se sujetó la tripa con las manos y gritó:

—¡Socorro, fuego, fuego! ¡Bomberos, bomberos! *Au secours, au secours!*

Incapaz de moverme, me quedé mirando a Lucille, que en ese momento se dedicaba a destapar alegremente y sin compasión mis más íntimos secretos, a traicionarme, a destrozarme.

Me ardía todo el cuerpo, pero no salí corriendo para salvarme. Me invadió un sentimiento casi autodestructivo, quería oírlo todo, hasta el amargo final.

Entretanto las chicas ya se habían recuperado de su ataque de risa. Una, la que había dicho todo eso de los bomberos, le arrancó a Lucille la carta de las manos.

—¡Dios mío, cómo escribe! —gritó—. ¡Qué cursi! «Eres el mar que me desborda, eres la rosa más bella de mi... *¿arbusto?»... Oh là là!* ¿Qué significa eso?

Las chicas empezaron a dar grititos, y yo me puse rojo de vergüenza.

Lucille volvió a coger la carta y la dobló. Era evidente que la habían leído entera y se habían divertido mucho.

—¡Quién sabe de dónde lo habrá copiado! —exclamó muy altiva—. ¡Nuestro pequeño gran poeta!

Por un momento pensé salir de mi escondrijo para lanzarme sobre ellas, zarandearlas, gritarles y pedirles explicaciones, pero me retuvo un último resto de orgullo.

—¿Y? —preguntó por fin la otra amiga, incorporándose—. ¿Qué vas a hacer ahora? ¿Vas a salir con él?

Lucille jugueteó con su pelo dorado de hada y yo contuve la respiración mientras esperaba mi sentencia de muerte.

—¿Con Jean-Luc? —dijo alargando los sonidos—. ¿Estás loca? ¿Qué voy a hacer con él? —Y como si eso no hubiera sido suficiente, añadió—: ¡Es un crío todavía! ¡No quiero saber cómo besa, qué asco! —Se estremeció.

Las chicas gritaron de entusiasmo.

Lucille soltó una risa, un poco demasiado fuerte y demasiado estridente, pensé, y entonces me derrumbé, un Ícaro que se hundía en lo más profundo.

Había querido tocar el sol y me había quemado. Mi dolor era infinito.

Sin decir absolutamente nada, me alejé, recorrí el camino de vuelta tambaleándome, aturdido por el olor de las mimosas y la crueldad de las chicas.

El olor de las mimosas me despierta todavía hoy sentimientos no muy positivos, pero en París esas delicadas plantas se encuentran a lo sumo en las floristerías, aunque no son muy apropiadas para un jarrón.

Las palabras de Lucille retumbaban en mis oídos. Ni siquiera noté que las lágrimas me rodaban por las mejillas. Iba cada vez más y más deprisa, hasta que al final eché a correr.

¿Cómo es eso que se dice y que suena tan bien? A todo el mundo se le parte el corazón alguna vez, y la primera es la que más duele.

Así acabó la pequeña historia de mi primer gran amor. El anillo de plata acabó ese mismo día en el fondo del mar, frente a la costa francesa. Yo, con toda la furia y el desamparo de mi corazón herido, me lancé a las aguas azules, que ese día radiante —me acuerdo perfectamente— tenían el color de los ojos de Lucille.

En esa hora tan oscura, que resultaba aún más dolorosa en comparación con la alegría que reinaba a mi alrededor, me juré a mí mismo —y el mar infinito fue mi testigo, tal vez también algunos peces que oían sin inmutarse las palabras de un joven furioso—, me juré a mí mismo no volver a escribir nunca más una carta de amor.

Pocos días después nos marchamos a Sainte Maxime con la hermana de mi madre y pasamos allí nuestras vacaciones de verano. Y cuando empezó el colegio me volví a sentar al lado del querido y viejo Étienne, mi amigo de siempre, que había regresado de las vacaciones totalmente recuperado.

Lucille, la guapa traidora, me saludó con la piel bronceada y una sonrisa. Dijo que aquello de las Îles d'Hyères no había podido ser, por desgracia, porque ya tenía otros planes. La amiga de París, blablablá. Y luego yo ya me había marchado. Me miró con gesto inocente.

—Está bien —me limité a replicar—. Era sólo un capricho.

Luego me volví y la dejé allí, con sus amigas. Yo había crecido.

No le conté a nadie mi experiencia, ni siquiera a mis intranquilos padres, que en los horribles días posteriores me veían tirado en la cama mirando el techo con los ojos muy abiertos e intentaban consolarme sin pretender arrancarme mi secreto, algo que les he agradecido hasta hoy.

—Se te pasará —dijeron—. En la vida, unas veces vas para arriba y otras para abajo, ¿sabes?

En algún momento —por increíble que me pareciera— el dolor desapareció y recuperé mi antigua alegría.

Sin embargo, desde ese verano mantengo una relación algo ambivalente con la letra escrita. Al menos cuando se trata de amor. Tal vez por eso me hice galerista. Gano dinero con los cuadros, amo la vida, me gustan las mujeres guapas y vivo en perfecta armonía con mi fiel dálmata Cézanne en uno de los mejores barrios de París. No me podía haber salido todo mejor.

Mi promesa de no volver a escribir nunca una carta de amor la he mantenido, pido disculpas por ello.

La he mantenido hasta... bueno, hasta que casi veinte años más tarde me ha ocurrido esta historia realmente increíble.

Una historia que comenzó hace pocas semanas con una carta sumamente curiosa que apareció una mañana en mi buzón. Era una carta de amor, y puso del revés todo mi armónico mundo.

2

Miré el reloj. Una hora. Marion llegaba tarde, como siempre.

Con cuidado, retiré las pantallas protectoras y puse derecho *Le grand rouge,* una gigantesca composición en rojo que era la pieza central de la exposición cuya inauguración debía empezar a las siete y media.

Julien estaba sentado con una copa de vino tinto en uno de los sofás blancos y se fumaba su undécimo cigarrillo.

Tomé asiento a su lado.

—¿Qué? ¿Nervioso?

Su pie derecho, enfundado en una Vans de cuadros, no paraba de moverse.

—¡Claro, tío! ¿Qué te pensabas? —Dio una profunda calada, y el humo ascendió por delante de su atractivo rostro juvenil—. Es mi primera exposición de verdad.

Su franqueza siempre me desarmaba. Sentado entre los cojines, con su camiseta blanca poco espectacular, sus vaqueros y su pelo rubio y corto, tenía algo de un joven Blinky Palermo.

—Va a salir fatal —dije—. Aunque he visto basuras bastante peores.

Eso le hizo reír.

—¡Tío, tú sí que sabes dar ánimos! —Aplastó el cigarrillo en el pesado cenicero de cristal que había en una mesita junto al sofá, y se puso de pie de un salto. Recorrió como un tigre todas las paredes de las salas de la galería, rodeó las pantallas protectoras y contempló sus cuadros de colores brillantes de gran formato—. ¡Eh, pues no son tan malos! —opinó finalmente, y frunció los labios. Luego retrocedió unos pasos—. Aunque nos hubiera ido bien más espacio. Entonces todo habría quedado mejor. —Gesticuló con las manos en el aire, con dramatismo—. Espacio... superficie... extensión.

Yo di un sorbo de vino tinto y me recliné en el sofá.

—Sí, sí. La próxima vez alquilaremos el Centro Pompidou —dije, y tuve que recordar cómo había aparecido por primera vez Julien en mi galería unos meses antes. Era el último sábado antes de Navidad, todo París resplandecía en plata y blanco. Excepcionalmente, ante los museos no había colas, *tout le monde* estaba a la caza de regalos y también en mi local había estado sonando todo el día la campanilla de la entrada.

Había vendido tres cuadros relativamente caros, y no a clientes habituales. Estaba claro que las inminentes celebraciones habían despertado en los habitantes de París el interés por el arte. En cualquier caso, ya me disponía a cerrar cuando de pronto apareció Julien en la puerta de la Galerie du Sud, como había bautizado a mi pequeño templo del arte en la Rue de Seine.

No me hizo mucha gracia, pueden creerme. No hay nada más exasperante para un galerista que los pintamonas que se presentan sin haber concertado una cita, abren sus grandes carpetas y quieren mostrarte lo que ellos piensan que es arte contemporáneo. Y todos (¡todos!) —salvo contadas excepciones— se piensan que son como poco el próximo Lucien Freud.

En realidad le debo a Cézanne haber llegado a conversar con aquel joven que llevaba la gorra calada hasta las cejas y en el que, desde ese día, he puesto grandes esperanzas.

Cézanne es —como ya he mencionado— mi perro, un dálmata de tres años muy vivaracho, y yo, como es fácil de adivinar y a pesar de que todos los días tengo que luchar con el arte contemporáneo, siento una callada pasión por el pintor francés del mismo nombre, ese genial precursor de la modernidad. Sus paisajes son para mí únicos, y mi mayor felicidad sería poseer un Cézanne auténtico, aunque fuera el más pequeño de todos.

Ya iba a deshacerme de Julien en la puerta, cuando Cézanne salió ladrando del cuarto interior, patinó por el liso suelo de madera, se lanzó sobre el joven de la parka y le lamió las manos con fervor sin dejar de gimotear.

—¡Cézanne, fuera! —grité, pero Cézanne no me hizo caso, como siempre. Por desgracia, está muy mal educado.

Tal vez fue un cierto asombro lo que me llevó a prestar oídos al joven que ahora se entretenía con mi perro.

—Empecé en los barrios de las afueras... con los grafitis. —Sonrió—. Era bastante excitante salir por las noches con los esprays. Los puentes de las autopistas, las viejas fábricas, las vallas de los colegios, incluso algún que otro tren. Pero ahora pinto sobre lienzo, no se preocupe.

¡Dios mío, un grafitero era justo lo que me faltaba! Suspirando, abrí la carpeta que me tendió. Hojeé el alegre batiburrillo de bosquejos, grafitis pintados y fotografías de sus cuadros. Por desgracia, su estilo no estaba mal.

—¿Y? —preguntó impaciente, y le acarició el cuello a Cézanne—. ¿Qué opina? Naturalmente, los cuadros ganan mucho al natural, sólo hago grandes formatos.

Yo asentí, y mi mirada se quedó clavada en un cuadro que se llamaba *Corazón de fresa*. Era un corazón alargado que tenía la textura de una fresa y en el centro una cavidad apenas perceptible. El *Corazón de fresa* yacía sobre un fondo de pequeñas hojas verde oscuro y se componía de al menos treinta tonos de rojo distintos. En cierta ocasión mi amigo Bruno, que es médico e hipocondriaco confeso, me enseñó una imagen digital de su corazón, una película que se había hecho en un centro de diagnóstico. (¡Su corazón estaba sano como una manzana!). En realidad aquel músculo vital se parecía más a una fruta del tipo de la fresa que a los corazones y corazoncitos que vemos pintados por todas partes.

En cualquier caso, el «corazón» del cuadro del joven artista tenía algo tan orgánico-frutal que no se sabía si se oía el latido de la fresa o quizá era mejor darle un mordisco. La imagen estaba viva, y cuanto más la miraba, más me gustaba.

—Esto parece interesante. —Di unos golpecitos con el dedo en la foto—. Me gustaría ver el original.

—Está bien, sin problema. Mide dos por tres metros. Está colgado en mi estudio. Puede pasar a verlo cuando quiera. ¿O prefiere que se lo traiga aquí? Tampoco sería ningún problema. ¡Puedo traérselo hoy mismo!

—¡Santo cielo, no! —Me eché a reír, pero su entusiasmo me conmovió—. ¿Es acrílico? —pregunté para no caer en el sentimentalismo.

—No, óleo. No me gustan las pinturas acrílicas. —Miró un momento la foto, y su gesto se endureció—. Lo pinté cuando mi novia me dejó. —Se golpeó el pecho con la mano izquierda—. ¡Un gran dolor!

—Y... ANE... ¿es usted? —pregunté sin tener en cuenta su confesión, y señalé la firma.

—Sí, tío. *C'est moi!*

Miré su tarjeta de visita y levanté las cejas.

—¿Julien d'Ovideo? —pregunté.

—Sí, me llamo así —confirmó él—. Pero firmo como ANE. Es de los tiempos de los grafitis, ¿sabe? El Arte Necesita Espacio. —Sonrió—. Sigue siendo mi lema.

Una hora más tarde de lo previsto cerré la puerta de mi galería, no sin prometerle a Julien que después de Año Nuevo me pasaría por su estudio.

—¡Genial, tío, es mi mejor regalo de Navidad! —dijo cuando nos despedimos. Le di la mano, él se subió de un salto a su bicicleta y yo me fui paseando con Cézanne Rue de Seine abajo para tomar algo en La Palette.

En los primeros días de enero visité, en efecto, a Julien d'Ovideo en su modesto estudio del barrio de Bastille. Contemplé sus trabajos, me parecieron bastante notables, y al final me llevé el *Corazón de fresa* y lo colgué en mi galería a modo de prueba.

Dos semanas más tarde estaba ante él Jane Hirstmann —una coleccionista americana que era además uno de mis mejores clientes—, soltando fuertes gritos de admiración.

—*It's amazing, darling! Just amazing!*

Sacudió sus rizos pelirrojos, que flotaban en todas direcciones, lo que le daba un toque bastante dramático, retrocedió un paso y observó el cuadro durante unos minutos con los ojos entornados.

—Esto es la defensa de la pasión en el arte —dijo finalmente, y sus grandes pendientes de aro dorados vibraban con cada palabra—. *Wow! I love it, it's great!*

El cuadro era grande de verdad. Yo sabía que Jane Hirstmann era fan de los cuadros de gran formato, una locura especial suya, aunque tampoco ese era el único criterio para ella, que a lo largo de los últimos años había adquirido algunas pinturas nada insignificantes de la Wallace-Foundation.

Se volvió hacia mí.

—¿Quién es ese ANE? —preguntó con mirada expectante—. ¿Me he perdido algo? ¿Hay algo más que ver?

Yo sacudí la cabeza. Casi todos los coleccionistas que conozco tienen algo de maniacos cuando se trata de descubrir algo nuevo.

—¡Yo nunca le ocultaría nada, mi querida Jane! Se trata de un joven artista parisino, Julien d'Ovideo. Le represento desde hace poco tiempo —le expliqué, y decidí firmar de inmediato un contrato con Julien—. ANE resume su concepto del arte: el Arte Necesita Espacio.

—¡Aaaah! —exclamó—. *El arte necesita espacio.* Eso está bien, muy bien —asintió con aprobación—. El arte necesita espacio, y los sentimientos necesitan espacio, así es. ¿Julien d'O... qué? Bueno, da igual... con este tiene que *hacer* usted algo, Jean-Luc. ¡Haga algo con él, se lo digo, el tipo promete! Me lo dice mi olfato.

Cuando Jane Hirstmann ponía en juego su nariz, que además era bastante grande, había que tomarla en serio. Ya había *olido* algunos cuadros que luego se habían vendido por grandes sumas de dinero.

—*How much?* —preguntó, y yo le dije un precio absolutamente exagerado.

Jane compró el *Corazón de fresa* ese mismo día y pagó por él una considerable cifra en dólares.

Julien se puso loco de contento cuando le comuniqué la noticia personalmente. Me dio un espontáneo abrazo con las manos manchadas de pintura, y sus huellas quedaron inmortalizadas para siempre en mi precioso jersey de cachemir azul claro. Pero quién sabe, tal vez ese jersey que no entendía de arte, y que por desgracia era mi favorito, fuera un día increíblemente valioso, una especie de *ready-made* que documenta el momento más feliz en la vida del artista. En los tiempos en los que todo puede ser arte y hasta los excrementos enlatados de un artista italiano se subastan en el Sotheby's de Milán como *Merda di artista* por sumas increíbles, nada me parece imposible.

En cualquier caso, esa feliz tarde de enero Julien y yo nos tomamos unas copas en su estudio sin calefacción, unas horas más tarde nos tuteamos y acabamos la velada en un bar.

Al día siguiente el joven y esperanzado artista acudió con una cierta resaca a la Galerie du Sud y en aquel momento planeamos la exposición «El arte necesita espacio» que ahora yo debía inaugurar dentro de un cuarto de hora.

¿Dónde se había metido Marion? Desde que tenía ese novio motero ya no se podía confiar en ella. Marion había estudiado arte y estaba haciendo las prácticas en mi galería. Y era realmente buena, de lo contrario no me habrían faltado más de una vez las ganas de echarla.

Marion organizaba los eventos más complicados sin dejar de mascar chicle y se metía a todos los clientes en el bolsillo. Yo tampoco podía resistirme a su indolente encanto.

En el exterior retumbó una fuerte vibración. Un instante después se abrió la puerta y Marion entró haciendo ruido con sus tacones y enfundada en un vestido de terciopelo negro vergonzosamente corto.

—¡Ya estoy aquí! —dijo resplandeciente y con unas mejillas rojas que la delataban, y se puso derecha la diadema que sujetaba su larga melena rubia.

—¡Marion, algún día te voy a despedir! —dije yo—. ¿No tenías que estar aquí hace una hora?

Sonriendo, quitó una pelusilla blanca de mi chaqueta oscura.

—¡Aaah, Jean-Luc, vamos, tranquilo! Todo está controlado. —Me dio un leve beso en la mejilla y murmuró—: No te enfades, pero de verdad que no he podido venir antes.

Luego dio un par de indicaciones a las chicas del cátering, y preguntó: «Pero... ¿qué habéis hecho ahí?», y estuvo arreglando el gigantesco ramo de flores de la entrada hasta que por fin respondió a su sentido estético.

Cuando vi a los primeros invitados acercarse por la Rue de Seine me volví hacia Julien.

—*Showtime* —dije—. ¡Allá vamos!

Las chicas del cátering sirvieron el champán en las copas, y yo me arreglé el pañuelo de seda que llevaba al cuello y que encuentro mucho más cómodo que esas estranguladoras corbatas. Por ese accesorio me he ganado entre mis amigos el apodo de Jean-Duc, el duque. Bueno, hay cosas peores.

Miré alrededor. Julien estaba en la pared del fondo de la galería, las manos en los bolsillos del pantalón, su inevitable gorra bien calada, casi tapándole la cara.

—¡Vamos, ven aquí! —le dije—. Es tu fiesta.

Él se encogió de hombros y se acercó despacio, muy en plan James Dean.

—Y, por favor, quítate esa gorra de una vez.

—¿Qué tienes contra mi gorra, tío?

—¿Por qué tienes que esconderte? Ya no eres un grafitero de los suburbios ni vas a jugar al *streetball*.

—¿Eh, qué significa eso? ¿Es que ahora eres de pronto un maldito burgués, o qué? Beuys también llevaba su...

—Beuys no era ni de lejos tan guapo como tú —le interrumpí—. ¡Vamos, hazlo de una vez! Por mí, tu viejo mecenas.

Con desgana, se quitó la gorra y la lanzó detrás del sofá. Yo abrí la puerta de cristal, aspiré el tibio aire de mayo y saludé a los primeros invitados.

Dos horas más tarde ya sabía que la exposición sería un éxito. La galería estaba llena de personas que conversaban animadamente, bebían champán sentadas en los sofás o daban su opinión al artista, para luego llevarse un canapé a la boca con la punta de los dedos. Había acudido todo el mundillo del arte, tres redactores culturales, algunos buenos clientes... y también había algunas caras nuevas.

El animado barullo que reinaba en las dos salas de la galería era ensordecedor, de fondo Amy Winehouse cantaba «I Told You I Was Trouble», y la periodista de *Le Figaro* estaba como loca con Julien.

Despertaron mucho interés *Le grand rouge* y *L'heure bleu*, un monumental desnudo femenino que no destacaba en el conjunto de la composición azul hasta que no se observaba el cuadro con más detenimiento.

Había buen ambiente. Sólo Bittner, un coleccionista muy influyente que tenía una galería en Düsseldorf y que participaba en la organización de Art Cologne, iba de un lado para otro criticando. ¡Típico!

Nos conocíamos desde hacía ya muchos años y, como cada vez que venía a París, yo me había encargado de hacerle una reserva en el Duc de Saint-Simon y de que ocupara su habitación preferida. Como yo alojaba con frecuencia a mis clientes procedentes del extranjero en este hotel, tenía buenos contactos en la recepción, sobre todo desde que trabajaba allí Luisa Conti, la sobrina del propietario, cuya familia residía en Roma.

—¿Monsieur Kört Wittenär? —me había dicho por teléfono como si se tratara de un extraterrestre.

—Karl —repliqué yo con un suspiro—. Karl. Y se apellida Bittner, con B. —Ya me había acostumbrado a que Luisa Conti, quien con su traje de chaqueta oscuro y sus gafas negras de Chanel era un ejemplo de elegancia a pesar de su juventud, confundiera y cambiara a menudo los nombres de los huéspedes.

—¡Aaah! *Entendu! Monsieur Charles Bittenär!* ¿Por qué no me lo ha dicho antes? —Noté cierto reproche en su voz, pero evité hacer comentario alguno—. La habitación azul... un momento... *eh... bien*, sí, es posible.

Pude ver en mi mente a mademoiselle Conti, sentada tras la mesa antigua de la recepción, con su pluma Waterman verde oscuro —que como todas las Waterman tendía a echar borrones—, escribiendo concienzudamente y con manchas de tinta en los dedos el nombre de Charles Bittenärr en el libro de registro, y tuve que sonreír.

Mi relación con Bittner era ambivalente. En realidad me gustaba ese hombre, que era unos diez años mayor que yo y cuyo cabello oscuro un poco largo le hacía parecer un habitante del sur. Pero en el fondo temía quedar mal con él. Admiraba su constancia, su olfato certero, y odiaba su insoportable arrogancia. Y además le envidiaba por los dos *Yellow Cab* de Fetting y un cuadro de Rothko que poseía.

Se detuvo delante de *Unique au monde*, un dibujo muy plano en tonos azules y verdes, y puso una cara como si hubiera mordido un limón.

—No sé —oí que le decía a la mujer de pelo oscuro que estaba a su lado—, no está... bien hecho. Simplemente no está bien hecho.

Karl Bittner habla francés con fluidez, y yo odio sus frases asesinas.

La mujer ladeó la cabeza.

—Bueno, yo creo que tiene algo —dijo pensativa, y tomó un sorbo de su copa de champán—. ¿No siente esa... armonía? Como un encuentro pacífico de tierra y mar. Me parece muy auténtico.

Bittner pareció vacilar.

—Pero ¿es también innovador? —replicó—. ¿Qué significa esa huida hacia lo monumental?

Decidí unirme a ellos.

—Es un privilegio de la juventud. Todo tiene que ser grande y atrevido. Me alegro de que haya podido venir, Karl. Ya veo que se está divirtiendo. —Miré a la mujer que estaba a su lado con un traje de chaqueta color crema. Sus ojos azules hacían un contraste sensacional con su pelo negro—. *Enchanté!* —dije con una leve inclinación.

Antes de que la belleza morena pudiera contestar, oí una voz exaltada que gritaba mi nombre.

—¡Jean-Duc, ah, Jean-Duc, *mon très cher ami!* —Era Aristide Mercier, un profesor de literatura de la Sorbona que siempre iba muy elegante con su chaleco amarillo canario, y que ahora cruzaba la sala volando hacia mí. Aristide es el único hombre que conozco al que le sienta bien el amarillo canario. Su mirada se posó un instante con admiración en mi pañuelo antes de estamparme dos besos en las mejillas.

—*Oh, très chic!* ¿Es de Etro? —preguntó sin esperar una respuesta—. ¡Mi querido Duc, esto es absolutamente genial, sencillamente *super!*

El lenguaje de Aristide está plagado de superlativos y signos de admiración, y lamenta profundamente que a mí —*à son avis*— me guste el sexo «equivocado». («¡Un hombre con *tu* gusto, es una lástima!»).

—¡Me alegro de verte, Aristide! —Le di unas palmaditas amistosas en el hombro. Aunque jamás vayamos a ser pareja, quiero mucho a mi viejo amigo Aristide. Tiene un humor maravilloso y nunca deja de sorprenderme la facilidad con que se mueve entre la literatura, la filosofía y la historia. Sus clases están siempre muy concurridas, saluda a los que llegan tarde con un apretón de manos, y se ha hecho famoso su dicho de que se conforma con que sus alumnos se lleven de sus clases tres frases a casa.

Aristide sonrió.

—¡Veo que ya os conocéis! *Non?* —Pasó el brazo por el hombro de la morena desconocida, que era evidente que había venido con él—. ¡Esta es mi querida Charlotte! Charlotte, este es el señor de la casa, mi viejo amigo y galerista favorito, Jean-Luc Champollion. —Naturalmente, no renunció a decir mi nombre entero.

La mujer morena me tendió la mano. Era cálida y firme.

—¿Champollion? —preguntó, y yo ya sabía lo que venía después—. Como Champollion el famoso egiptólogo, el de la Piedra de Rosetta...

—Sí, justo ese —intervino Aristide—. ¿No es fantástico? ¡Jean-Luc está emparentado con él!

Aristide estaba radiante, Bittner sonrió con sarcasmo y la mujer de la que yo ya sabía que se llamaba Charlotte levantó sus cejas bien perfiladas. Hice un gesto de rechazo.

—Un parentesco muy lejano, todo muy confuso...

Pero al margen de lo que yo dijera, Charlotte se interesó por mi persona, no se apartó de mí en toda la tarde y después de cuatro copas de champán me contó que estaba casada con un político y que se aburría soberanamente.

Cuando poco después de las once se marcharon los últimos invitados, nos quedamos solos los cuatro: Bittner, Julien, yo... y la ya algo achispada Charlotte.

—¿Y qué hacemos ahora? —cacareó entusiasmada.

Bittner propuso tomar una última copa en el pequeño y tranquilo Bar des Duc de Saint-Simon. Tenía la ventaja de que él podía retirarse luego directamente a su habitación.

Yo le cedí el asiento delantero del taxi y me apretujé atrás con Julien y Charlotte. Mientras subíamos por el Boulevard Saint-Germain noté de pronto un delicado roce. Era la mano de Charlotte que se deslizaba por mis piernas. En realidad yo no quería nada de ella, pero sus dedos me confundieron.

Miré a Julien. Pero él, eufórico por la aceptación que había tenido esa noche, se había reclinado hacia delante y conversaba animadamente con Bittner.

Charlotte me lanzó una sonrisa insinuante. Tal vez fue un error, pero yo se la devolví.

En la recepción del Saint-Simon nos saludó el portero de noche, un tamil de piel oscura elegantemente vestido.

Bajamos al pequeño bar que ocupa una vieja bodega abovedada, y tuvimos suerte: el barman todavía estaba allí, secando las últimas copas. Cuando nos vio, asintió con amabilidad y nosotros tomamos asiento bajo la bóveda de piedra. En las paredes colgaban cuadros antiguos y espejos de marco dorado; junto a las cómodas butacas tapizadas había estanterías de media altura llenas de libros y, como siempre que iba allí, no me pude resistir al encanto algo vetusto de ese pequeño refugio en el gran París.

Pedimos otra copa de champán, nos fumamos unos cigarrillos porque éramos los únicos clientes y pensamos que nos lo merecíamos (el camarero hizo la vista gorda y nos dejó como de pasada un cenicero sobre la mesita), charlamos y Julien nos contó algunas historias de su época de grafitero. El que más se reía era Bittner. Parecía haberse curado ya de su aversión a lo monumental.

Poco antes de la una el barman nos preguntó si queríamos tomar algo más.

—¡Claro que sí! —exclamó Charlotte, que estaba sentada a mi lado y no paraba de mover muy animada su zapato de charol negro—. ¡Tomemos una copa de despedida, por favor!

Julien aceptó encantado, él podía aguantar toda la noche, Bittner había decaído algo en la última media hora y ya bostezaba tapándose la boca con la mano, y debo admitir que yo estaba ya algo cansado. A pesar de todo pedí una última ronda.

—Sus deseos son órdenes para mí, madame.

Charlotte no habría aceptado un no en ningún caso.

Volvimos a brindar por la maravillosa velada, por la vida y el amor, y luego Charlotte volcó su copa de champán precisamente en el pantalón de Bittner.

—*Ah, madame, c'est pas grave!* —dijo monsieur Charles sin darle importancia, y se sacudió el pantalón mojado como si sólo tratara de quitarse una pelusa. Pero unos minutos más tarde se despidió, agradecido de poder meterse en su cama francesa algo anticuada.

—¡Nos vemos! *Bonne nuit!* —Se despidió de todos con un leve movimiento de cabeza y yo aproveché para pedir la cuenta y los taxis.

Cuando llegó el primero, Charlotte insistió en cedérselo a Julien, y yo sospeché que no lo hacía sin motivo. Y acerté, pues cuando quise instalar a madame en el segundo taxi, ella se empeñó en que debíamos ir juntos, podía dejarme en la Rue des Canettes (vivo allí), en realidad no quería irse a casa todavía.

—Pero, madame —protesté sin gran entusiasmo cuando con determinación femenina me agarró del brazo y me metió en el coche—. Es ya muy tarde, su marido se preocupará...

Madame se rio con sarcasmo y se hundió en el asiento.

—*Rue des Canettes, s'il-vous plaît!* —indicó al taxista, y me miró con malicia—. ¡Ah... mi marido... deje que yo me preocupe por él! ¿O es que le esperan *a usted?*

Yo sacudí la cabeza sin decir nada. Desde que me había separado de Coralie (¿o se había separado ella de mí?) en casa sólo me esperaba Cézanne, lo que sin duda tenía sus ventajas.

Recorrimos la Rue de Saint-Simon en silencio, pasamos por delante de La Ferme Saint-Simon y giramos por el todavía muy animado Boulevard Saint-Germain, cuando volví a sentir la mano de Charlotte en mis piernas. Se acercó a mí y me susurró al oído que su marido estaba en un congreso, que sus hijos ya eran mayores, y que qué sería la vida si no se disfruta de vez en cuando de un pequeño bombón. *Un tout petit bonbon!*

Aturdido por el alcohol, sospeché que el bombón era yo y que esa noche iba a ser muy larga.

3

Cuando me desperté a la mañana siguiente tenía la sensación de que me había caído un martillo en la cabeza.

Es siempre esa copa de más de la que uno luego se arrepiente.

Soltando un gemido, me giré y busqué a tientas el despertador. Eran las diez y cuarto, y eso era horrible, muy horrible. Faltaba una hora para que llegara a la Gare du Nord el tren de monsieur Tang, mi cliente chino más apasionado del arte, y yo había prometido ir a recogerlo.

Eso fue lo primero en que pensé. Lo segundo fue Charlotte. Me volví y vi unas sábanas arrugadas en las que no había ninguna mujer. Sorprendido, me senté en la cama.

Charlotte se había marchado. Su ropa, que la noche anterior había distribuido por toda la casa cantando a voz en grito, había desaparecido.

Suspirando, me hundí un momento en las almohadas y cerré los ojos. *¡Mon Dieu,* vaya noche! Pocas veces había pasado con una mujer una noche en la que había dormido tan poco y había ocurrido tan poco también.

Fui dando tumbos hasta la cocina, donde Cézanne me saludó impaciente, llené un vaso grande de agua y busqué una aspirina en el armario.

—Ya, querido, enseguida salimos a la calle —le prometí. Cézanne ladró y movió el rabo. «Calle» era la única palabra con la que siempre reaccionaba. Luego olisqueó mi pierna desnuda y ladeó la cabeza.

—Sí, la dama se ha ido —dije, y dejé caer tres aspirinas en el vaso. A la vista de mi estado y del poco tiempo que tenía, en parte me alegré de que así fuera.

Cuando entré en el cuarto de baño lo primero que vi fue la nota pegada en el espejo.

Mi querido Jean-Duc:
¿Siempre haces esperar a las mujeres hasta que se duermen?
¡Te debo una, no lo olvides!
À tout bientôt...
Charlotte

Debajo había estampado un beso con lápiz de labios.

Yo sonreí, despegué la nota del espejo y la tiré a la papelera. En realidad la última noche no podía contarse entre los mejores momentos eróticos de mi vida.

Mientras me afeitaba tuve que pensar en cómo una Charlotte borracha me había seguido a casa sin dejar de tropezarse y al final se había caído encima de Cézanne, que no paraba de ladrar entre sus pies. Quise ayudarla a levantarse, pero ella me tiró del pantalón y aterricé a su lado en la alfombra.

—¡Pero monsieur Champollion, no sea tan impetuoso! —Se echó a reír y su cara estaba de pronto demasiado cerca. Charlotte pasó los brazos por mi cuello y me dio un cálido beso en la boca. Sus labios se abrieron, y entonces me pareció bastante seductora la idea del bombón y me agarré a su pelo abundante, oscuro, que olía a Samsara. Riendo y dando tumbos, conseguimos llegar hasta el dormitorio. El traje color crema se quedó tirado en el suelo por el camino.

Encendí la lamparita de la cómoda, que sumió la habitación en una suave luz amarillenta, y me volví hacia Charlotte. Ella cimbreó sus caderas de forma provocativa y cantó: «*Voulez-vouz coucher avec moi... ce soiiiir*». Luego lanzó sus medias de seda por los aires. Una cayó al suelo, la otra se quedó colgando de una foto mía de niño que hay en la repisa de la chimenea de mármol y cubrió con un elegante velo la cara del joven rubio y torpe que sujetaba con orgullo el manillar de su primera bicicleta mientras sonreía a la cámara.

Vestida con su delicada lencería color castaño, que al parecer el marido político no apreciaba demasiado, se dejó caer sobre mi cama y estiró los brazos hacia mí.

—*Viens, mon petit Champollion,* ven aquí conmigo —susurró, y aunque sonó como *champignon,* a mí no me importó—. ¡Ven aquí, cariño, que te voy a enseñar la Piedra de Rosetta...! —Se revolcó sobre la colcha, se acarició su esbelto cuerpo y me lanzó una atrevida sonrisa.

¿Cómo podía resistirme? ¡Soy un hombre!

Si a pesar de todo me resistí fue de forma involuntaria, pues en el momento en que me inclinaba sobre ella para iniciar con mano firme la aventura arqueológica, sonó mi móvil.

Intenté ignorarlo, le susurré a mi bella Nefertiti palabras insinuantes al oído, le besé el cuello, pero el que intentaba localizarme en plena noche no cejaba en su empeño y los timbrazos resultaban cada vez más apremiantes.

De pronto tuve angustiosas visiones de accidentes con muertos y atentados con víctimas.

—Discúlpame un momento. —Con un suspiro, me separé de Charlotte, que protestó en voz baja. Fui hasta el sillón color burdeos sobre el que había tirado mi chaqueta y mis pantalones, y saqué el móvil del bolsillo.

—*Oui, allô?* —dije con voz apagada.

Contestó una voz ahogada por las lágrimas.

—¿Jean-Luc? ¿Jean-Luc, eres tú? Me alegro de encontrarte por fin. ¿Por qué no contestabas? ¡Oh, Dios mío, Jean-Luc! —La voz al otro lado de la línea estalló en sollozos.

«¡Oh, Dios mío! —pensé también yo—. ¡Por favor, ahora no!». Por un momento me maldije a mí mismo por no haber mirado antes la pantalla, pero sus gemidos sonaban más dramáticos que otras veces.

—¡Soleil, querida, tranquilízate! ¿Qué pasa? —dije con cautela. Tal vez había ocurrido algo de verdad y no se trataba de una de esas desesperadas crisis creativas que le daban cada vez que fijábamos la fecha de una exposición.

—¡No puedo más! —lloriqueó Soleil—. ¡Sólo pinto mierdas! ¡Olvida la exposición, olvídalo todo! Odio mi mediocridad, todas estas cosas tan vulgares... —Escuché un ruido, como si alguien le diera una patada a un bote de pintura, y cerré los ojos cuando llegó hasta mis oídos. Podía ver delante de mí la alargada silueta de Soleil, con sus grandes ojos oscuros y los brillantes rizos negros, que se movían como llamas en torno a su bello rostro color café con leche y que hacían que la única hija de una madre sueca y un padre caribeño tuviera en realidad algo de un sol negro.

—Soleil —dije con toda la serenidad zen-budista de que era capaz, y miré intranquilo hacia la cama, donde Charlotte se había sentado y me observaba con interés—. Soleil, todo esto no tiene sentido. Te digo que eres buena. Eres... sublime, de verdad. Eres única. Yo creo en ti. Escucha... —bajé un poco la voz—, ahora no puedo hablar. Por qué no te metes en la cama y mañana me paso...

—¿Soleil? ¿Quién es Soleil? —preguntó Charlotte a voz en grito desde la cama.

Oí que al otro lado de la línea Soleil tomaba aire con fuerza.

—¿Hay una mujer contigo? —preguntó con desconfianza.

—Soleil, por favor, es más de medianoche, ¿has mirado el reloj? —repliqué sin contestar a su pregunta. Le hice una seña a Charlotte para tranquilizarla y apreté el teléfono contra mis labios—. Mañana hablamos con tranquilidad, ¿vale?

—¿Por qué susurras de ese modo? —gritó Soleil indignada, luego empezó de nuevo a sollozar—. ¡Claro que tienes una mujer ahí! Las mujeres siempre son lo más importante para ti. Todas son más importantes que yo. Yo no soy nada, ni siquiera mi agente —ese era yo— se interesa por mí, ¿y sabes lo que voy a hacer ahora mismo?

La pregunta se quedó flotando en el aire como una amenaza de bomba. Abandonado, escuché el horrible silencio que reinó de pronto.

—¡Voy a coger esta pintura negra de aquí... y voy a tapar con ella todos mis cuadros!

—¡No! ¡Espera! —A Charlotte le indiqué por gestos que se trataba de una emergencia y que enseguida estaría con ella, y con un suspiro cerré tras de mí la puerta del dormitorio.

Tardé casi una hora en conseguir tranquilizar un poco a la enfurecida Soleil. Según pude averiguar, mientras iba intranquilo de un lado a otro del pasillo y las tablas de madera crujían bajo mis pies, no se trataba sólo de que dudara de su talento artístico, como le pasaba a veces: Soleil Chabon estaba enamorada. ¿De quién? No me lo podía decir de ningún modo. No era correspondida y había perdido la esperanza. El dolor le quitaba la inspiración, ella era expresionista y el mundo, una tumba negra.

En algún momento se cansó de hablar. Cuando sus sollozos fueron más apagados, la mandé con voz suave a la cama, con la promesa de que todo se arreglaría y de que yo estaría siempre con ella.

Eran poco más de las cuatro cuando me deslicé otra vez en el dormitorio sin hacer ruido. Mi visita nocturna estaba tendida a lo ancho en la cama y dormía plácidamente como Blancanieves. Con cuidado, aparté un poco hacia un lado a Charlotte, que roncaba con suavidad.

—Dormir —murmuró, se abrazó a la almohada y se aovilló como un erizo.

De la Piedra de Rosetta me podía olvidar. Apagué la luz y a los pocos minutos ya estaba sumido yo también en un profundo sueño.

Las pastillas contra el dolor de cabeza empezaron a hacer su efecto. Me tomé otro café, y cuando ese jueves memorable bajé las escaleras con Cézanne me encontraba otra vez bastante bien.

Hay personas que aseguran que los cambios fundamentales que se producen en la vida se anuncian de alguna forma. Que siempre hay alguna señal, sólo hay que verla. «Llevaba toda la mañana con una extraña sensación», dicen cuando ha ocurrido algo decisivo. O: «Cuando el cuadro se desprendió de pronto de la pared supe que iba a pasar algo».

Para mi vergüenza, debo reconocer que yo carecía de esas misteriosas antenas esotéricas. Naturalmente, ahora sí podría afirmar que el día que cambió toda mi vida fue en cierto modo especial. Pero en honor a la verdad debo admitir que entonces no sospechaba nada.

No tenía ningún presentimiento cuando abrí el buzón del portal. Ni siquiera cuando descubrí el sobre azul pálido entre las numerosas facturas se activó mi sexto sentido.

En el sobre ponía con una bonita letra redondeada: «Para el Duc». Sé que en ese momento tuve que sonreír, pues supuse que Charlotte me había dejado una breve carta de despedida antes de desaparecer. Ni por un instante se me ocurrió pensar que las damas de la alta sociedad no suelen llevar siempre en su bolso papel de carta hecho a mano.

Me disponía a abrir el sobre cuando entró en el portal madame Vernier con una bolsa en la mano.

—*Bonjour, monsieur Champollion.* Hola, Cézanne —nos saludó muy amable—. Vaya, tiene usted aspecto de no haber dormido demasiado. ¿Se le hizo tarde anoche?

Madame Vernier es mi vecina y vive sola en una casa gigantesca.

Rica y divorciada desde hace tres años, esa mujer vive el aquí y ahora con una relajación casi anacrónica. Está a la búsqueda del marido número dos. Al menos eso es lo que me ha dicho. Aunque tampoco eso le corre ninguna prisa.

Lo bueno de madame Vernier es que tiene mucho tiempo libre, adora a los animales y cuida de Cézanne cuando yo estoy de viaje. Lo malo de ella es que tiene mucho tiempo libre y se enrolla durante horas cuando uno más prisa tiene.

También esa mañana se plantó ante mí como nieve recién caída. Yo observé nervioso su cara alegre. Tenía aspecto de haber dormido bien.

¿Sólo me lo pareció a mí o sus ojos miraron con interés el sobre azul cielo que yo sostenía en la mano? Antes de que me enredara en una larga conversación sobre noches excitantes o cartas escritas a mano me apresuré a guardarme el correo en el bolsillo.

—Pues sí, sí, se hizo bastante tarde —admití, y miré el reloj—. ¡Cielos, tengo que irme o llegaré tarde a una cita! *¡Bonne journée,* madame, hasta luego! —Me dirigí a toda prisa hacia la puerta de la calle tirando de Cézanne, que seguía husmeando los elegantes zapatos de madame Vernier, y pulsé el botón para abrirla.

—¡Un buen día también para usted! —gritó ella—. Y ya me dirá cuándo me puedo quedar otra vez con Cézanne. Ya sabe que tengo tiempo.

Le hice una mueca y salí a toda prisa a la calle en dirección al Sena. Cézanne tenía derecho a cumplir con las leyes de la naturaleza.

Veinte minutos más tarde estaba sentado en un taxi que debía llevarme a la Gare du Nord. Habíamos cruzado el Pont du Caroussel y pasábamos por delante de la pirámide de vidrio, que brillaba con el sol de la mañana, cuando me acordé de la carta de Charlotte.

Sonriendo, la saqué y abrí el sobre. Esa mujer era muy tenaz. Pero encantadora. En la era de los emails y los sms una carta escrita a mano tenía algo de excitantemente anticuado, sí, algo íntimo. Aparte de las postales que me mandaban algunos amigos en vacaciones, hacía mucho tiempo que no encontraba una carta personal en mi buzón.

Me puse cómodo y eché un ligero vistazo a las dos hojas de letra delicada. Entonces di tal salto que el taxista me miró por el retrovisor. Observó la carta en mi mano y sacó sus propias conclusiones.

—*Tout va bien, monsieur?* ¿Todo bien? —preguntó con esa mezcla tan especial de intromisión sin rodeos y experiencia casi omnisciente que caracteriza a los taxistas de París cuando tienen un buen día.

Yo asentí desconcertado. Sí, todo estaba en orden. Tenía una preciosa carta de amor en mis vacilantes manos. Iba dirigida a mí, sin duda. Parecía llegar directamente del siglo XVIII. Y estaba claro que no era de Charlotte.

Pero lo que más me desconcertó fue el hecho de que la autora no desvelara su identidad. Yo no sabía quién era, pero ella parecía conocerme bien a mí.

¿O se me había escapado algo?

Mon cher monsieur le Duc!

¡Vaya saludo! ¿Se estaba riendo alguien de mí? Es sabido que algunos amigos me llaman «Jean-Duc», pero ¿quién escribe una carta así?

Palabra por palabra, como si se tratara de descifrar un idioma secreto, mis ojos siguieron los trazos azules, y por primera vez en mi vida tuve una vaga idea de lo que debió de sentir mi antepasado arqueólogo ante la Piedra de Rosetta.

Mon cher monsieur le Duc!

No sé cómo debo comenzar esta carta, que es —lo percibo con la certeza de una mujer que ama— la más importante de mi vida.

Cómo puedo olvidar sus bellos ojos azules, que tanto me han revelado sobre usted, pues ellos me llevan a considerar cada una de mis palabras como algo valioso, a meterme en sus ideas y sentimientos, con la sublime esperanza de que esas finas partículas de oro de mi corazón caigan también en su corazón y se posen en su fondo para siempre.

¿Puedo sorprenderle si le aseguro que desde el primer momento sentí que usted, querido Duc, es el hombre que siempre he estado buscando?

No creo. Usted lo habrá oído ya cientos de veces, la verdad es que no es algo muy original. Además, de eso estoy segura, usted sabrá por su propia y nada desdeñable experiencia que a menudo el tan citado «amor a primera vista» da paso en un tiempo sorprendentemente corto a un gran desencanto.

Así pues, ¿quedará para mí alguna palabra de amor o pensamiento apasionado que no haya sido escrito o pensado antes por otra persona? Me temo que no.

Todo se repite, está usado y apenas causa asombro cuando se observa desde fuera. Y, sin embargo, todo parece nuevo cuando se experimenta en uno mismo, y la sensación es tan arrolladoramente hermosa que se cree haber descubierto el amor.

Por este motivo tiene que disculparme, estimado señor, si recurro a otro tópico, porque yo misma lo he vivido así y no de otra manera: la primera vez.

Jamás olvidaré el día que le vi por primera vez. Su imagen me impactó como un rayo, ¡un rayo que cae sin que suene el trueno! Sin que nadie más note nada.

Pero yo no podía apartar mis ojos de usted. Su aspecto descuidado pero a la vez elegante me fascinó, sus brillantes ojos claros me prometían una mente despierta, su sonrisa estaba hecha para mí... y jamás veré unas manos de hombre más bellas.

Manos con las que a veces, lo admito con sonrojo, sueño por las noches con los ojos abiertos.

Sin embargo, ese momento tan sumamente feliz para mí quedó enturbiado por la bella mujer que estaba a su lado y que resplandecía por encima de todo como el sol y en cuya presencia yo me sentí como una insignificante baronesa vestida de luto. ¿Era su esposa? ¿Su amante?

Le he observado con miedo y envidia, querido Duc, y enseguida descubrí que siempre tenía a su lado una mujer bella, aunque —disculpe que sea tan directa— no es siempre la misma...

—*Cochon!* ¡Maldito cerdo! —Noté una sacudida y el taxista esquivó con un sonoro frenazo un autobús que se había cambiado sin avisar a nuestro carril. Por un instante no estaba muy seguro de si se refería a mí. Asentí ensimismado.

—¡Menudo idiota! ¿Lo ha visto? ¡Conductores de autobús! ¡Menudos idiotas! —El taxista dio unos golpecitos en la palanca de cambio, aceleró y adelantó al autobús, no sin gesticular con vehemencia ni hacer elocuentes signos con los dedos a través de la ventanilla bajada—. *Tu es le roi du monde, hein?* ¿Eres el rey del mundo, eh? —gritó al conductor del autobús, que le hizo un gesto de rechazo. Los pasajeros, turistas que hacían un recorrido por la ciudad, nos miraron asombrados. En Londres no se ven cosas así. Yo les miré como alguien que acaba de caer sobre la Tierra desde otro planeta y no entiende nada.

Pero luego bajé la cabeza, regresé a esa estrella que me había atrapado en su órbita de forma tan misteriosa y seguí leyendo.

... y enseguida descubrí que siempre tenía a su lado una mujer bella, aunque —disculpe que sea tan directa— no es siempre la misma...

Sonreí al leer de nuevo estas palabras. Quienquiera que fuera la persona que las había escrito, tenía sentido del humor.

No me corresponde a mí juzgar por qué eso es así, aunque me anima a enamorarme cada vez un poco más porque está claro que no tiene usted pareja, como se suele decir.

No sé cuántas horas han pasado desde entonces... a mí me parecen miles... y a la vez una única e interminable. Y aunque su despreocupada actitud ante las damas parece indicar que no se toma demasiado en serio los asuntos del corazón o tal vez no puede (¿o no quiere?) decidirse, veo en usted a un hombre con gran corazón y sentimientos apasionados que sólo quieren ser encendidos —de eso estoy segura— por la mujer adecuada.

¡Déjeme ser esa mujer y no se arrepentirá!

Todavía me palpita el corazón cuando recuerdo esa infeliz historia que por un breve y maravilloso instante nos acercó tanto que nuestras manos se rozaron y sentí su aliento en mi piel. La felicidad estaba muy cerca y a mí me habría gustado besarle. (¡En otras circunstancias lo habría hecho!). Usted estaba tan confuso y a pesar de todo se comportó de forma tan caballerosa... aunque a mí me correspondía la misma parte de culpa. Quiero mostrarle mi agradecimiento por ello, aunque seguro que en este momento no sabe de qué le estoy hablando.

Se preguntará quién le escribe. No se lo voy a decir. Todavía no.

Respóndame, Lovelace, e intente descubrirlo. Es posible que le espere una aventura amorosa que le convierta en el hombre más feliz que ha visto nunca París.

Pero debo prevenirle, querido Duc. No soy tan fácil de conseguir como otras.

Le reto al más delicado de todos los duelos y estoy impaciente por saber si acepta este pequeño desafío. (¡Me apuesto el dedo meñique a que sí!).

En espera de su respuesta, con mis mejores deseos,

La Principessa

4

«Maravillosamente confuso»: esas son las palabras que mejor describen cómo me sentí durante el resto del día.

No estaba en condiciones de concentrarme en nada: ni en el taxista que se impacientó cuando no reaccioné a su segundo «*¡Nous sommes là, monsieur,* hemos llegado!», ni en monsieur Tang, que me esperaba con resignación oriental en uno de los andenes con preciosas lámparas de bola y sonrió con amabilidad cuando entré en la Gare du Nord con diez minutos de retraso, ni siquiera en la deliciosa comida que compartí con mi invitado chino en Le Bélier, mi restaurante preferido, en la Rue des Beaux-Arts, en el que se come sentado en sillones de terciopelo rojo, en un ambiente realmente principesco y cuya carta siempre me sorprende con su minimalista sencillez.

También ese día se podía elegir entre *la viande* (la carne), *le poisson* (el pescado), *les légumes* (las verduras) y *le desert* (el postre). Una vez elegí como entrante, simple y llanamente, *l'oeuf,* el huevo, y me pareció muy *sophisticated.*

La sencillez y la calidad de los platos convencieron también a mi amigo chino, que mostró su aprobación. Luego me habló con entusiasmo del bum del mercado del arte en el país de las sonrisas y de su última adquisición en una casa de subastas belga. Monsieur Tang es lo que se denomina un *collectionneur compulsif*, y podía haberle prestado más atención. En vez de eso removí distraído las *légumes* de mi plato y me pregunté por qué no podía ser todo en la vida tan sencillo como el menú de Le Bélier.

Mis pensamientos volvían una y otra vez a la enigmática carta que permanecía doblada en un bolsillo de mis pantalones. Nunca había recibido una carta así, una carta que me provocaba y emocionaba a la vez y que —para expresarlo en el lenguaje de la Principessa— me sumía en un indecible desconcierto.

¡¿Quién diablos era aquella Principessa que me ofrecía con palabras delicadas la más maravillosa aventura amorosa y al mismo tiempo me castigaba como a un niño pequeño y «con los mejores deseos» esperaba una respuesta mía?!

Cuando monsieur Tang se puso de pie y se disculpó ante mí con una leve inclinación para ir al baño, aproveché la ocasión para sacar otra vez el sobre azul cielo del bolsillo. Volví a sumergirme en aquellas líneas, que ya me resultaban tan conocidas como si las hubiera escrito yo mismo.

Un golpe sordo me hizo estremecer como un ladrón pillado in fraganti. Monsieur Tang, que había regresado sin hacer ruido, como un tigre, arrastró su silla y yo sonreí apurado, doblé la carta a toda prisa y me la guardé en el bolsillo de la chaqueta.

—¡Oh, por favor, disculpe! —Monsieur Tang parecía molesto por su supuesta indiscreción—. No quería molestarle. Por favor, lea hasta el final.

—¡Oh, no, no! —repliqué con una sonrisa estúpida—. Es sólo... Me ha escrito mi madre... Una celebración familiar... —Cielo santo, ¿qué tonterías le estaba diciendo? Un Dios benévolo tuvo compasión de mí y mandó al camarero vestido de negro, que nos preguntó si queríamos tomar algo más.

Agradecido, pedí *le desert,* que resultó ser una *crème brûlée,* y me obligué a hacer un par de preguntas a Tang, que asentía con la comprensión propia del sentido familiar de los chinos.

Mientras con unos cuantos «aaahs» y «ooohs» simulaba interés por sus detalladas explicaciones sobre la afición por los tulipanes en la Holanda del siglo XVII (¿cómo había llegado a ese tema?), mis pensamientos giraban en torno a la identidad de la bella remitente de la carta.

Tenía que ser una mujer que yo conocía. O al menos una que me conocía a mí. Pero ¿de qué?

Sé que puede sonar algo arrogante, pero mi vida está llena de mujeres. Uno se las encuentra por todas partes. Flirtea con ellas, discute con ellas, trabaja con ellas, ríe con ellas, pasa largas horas en un café con ellas... y de vez en cuando, cuando surge algo más, también las noches.

Pero esa carta no ofrecía ningún dato concreto que permitiera deducir quién era la caprichosa escritora. Porque era caprichosa, eso estaba muy claro.

En la cara posterior de la carta, muy abajo, descubrí una dirección de correo electrónico: principessa@ google-mail.com.

Todo sumamente enigmático. El secretismo de la Principessa me puso furioso, pero luego me vinieron a la mente sus preciosas palabras y me sentí fascinado.

—Monsieur Champollion, no presta atención —me reprendió Tang con amabilidad—. Le acabo de preguntar qué hace Soleil Chabon y usted me ha respondido: «Hmm... sí, sí».

¡Cielos, tenía que centrarme de una vez!

—Sí... yo... eh... dolor de cabeza —tartamudeé, y me llevé la mano a la frente—. Este tiempo me sienta fatal.

En el exterior brillaba un suave sol de mayo y el aire estaba más claro que nunca en París.

Tang elevó las cejas, pero evitó con cortesía cualquier comentario.

—¿Y Soleil? Ya sabe, la joven pintora caribeña —añadió a modo de aclaración, pues era evidente que no confiaba demasiado en mi capacidad de asociación.

—¡Aaaah, Soleil! —Sonreí un poco inquieto cuando me acordé de que le había prometido a mi pintora enamorada que pasaría hoy (¡¿hoy?!) a verla—. Soleil... está en pleno *big bang* creativo —dije, y me pareció que a la vista de su carácter explosivo no era ninguna mentira—. En junio presenta su segunda exposición, vendrá usted, ¿no?

Tang asintió sonriendo y yo pedí la cuenta.

Tras una tarde agotadora en las salas de la Galerie du Sud, donde Marion y Cézanne nos saludaron muy alegres y mi chino contempló todos los cuadros nuevos con una sonrisa imperturbable (sus comentarios fueron desde *«tlés intelessant»* hasta *«supelbon»),* por fin se marchó con un par de folletos y su pequeña maleta de ruedas plateada al Hôtel des Marronniers, un pequeño y encantador establecimiento que está prácticamente en la Rue Jacob, es decir, justo a la vuelta de la esquina, y que entusiasma por igual a europeos y asiáticos.

La localización es inmejorable. Tranquilo, en el corazón de Saint-Germain y con un patio interior en el que crecen aromáticas rosas y se oye el callado borboteo de una vieja fuente, situada en el centro. En esta época del año es el no va más para las personas románticas, que además desde el cuarto piso pueden contemplar las torres de St-Germain-des-Prés. Aunque es mejor que no sean muy corpulentas.

Las habitaciones tienen las paredes enteladas, muebles antiguos... y son claustrofóbicamente pequeñas. Por tanto, nada adecuadas para el típico americano del Medio Oeste, pues cuando se mide más de 1,80 el confort de la cama es bastante limitado.

Como yo no soy un gigantón, a mí ese problema no me afecta personalmente, pero hace unos años cometí el error de instalar en el Marronniers a Jane Hirstmann y Bob, su nuevo marido, que mide dos metros. Bob, quien normalmente ocupa él solo una cama *king size,* sigue todavía hoy traumatizado por su «*romantic disaster*» en la «camita de los enanitos de Blancanieves».

Me dejé caer con un suspiro en mi sofá blanco y acaricié el suave cuello de Cézanne abismado en mis ideas. La falta de sueño de la noche anterior empezaba a pasarme factura, por no hablar de los acontecimientos de las últimas horas, por muy agradables que fueran.

Marion se había marchado diez minutos antes con su tipo de la Harley Davidson y yo tenía por fin mi primer momento de tranquilidad.

Por tercera vez en el día, saqué la carta de la Principessa y desplegué las hojas arrugadas.

Luego llamé a Bruno.

Cuando, por el motivo que sea, la vida de un hombre amenaza con volverse complicada, necesita tres cosas: una tarde relajada en su bar favorito, una copa de vino tinto y un buen amigo.

Aunque por teléfono no le dije gran cosa, sólo algo parecido a «Vamos a tomar una copa, tengo algo que contarte», Bruno lo entendió al instante.

—Dame una hora —dijo, y sólo el hecho de pensar en ese hombretón con su bata blanca me resultó sumamente tranquilizador—. Te recojo en la galería.

Bruno es médico, lleva siete años enamorado de su mujer, Gabrielle, y está entusiasmado con su hija de tres años. Cuando no endereza narices rotas o demasiado grandes y alisa con inyecciones de botox las frentes arrugadas de las damas de la sociedad parisina es también un apasionado jardinero, un hipocondríaco y un teórico de la conspiración. Vive con su familia en una casa con jardín en Neuilly, tiene una exitosa consulta en la Place Saint-Sulpice y entiende de arte moderno tan poco como de literatura experimental.

Y es mi mejor amigo.

—Gracias por haber venido —le dije cuando una hora más tarde entró en la Galerie du Sud.

—Me alegro de verte. —Me dio unos golpecitos en el hombro y paseó su mirada profesional de médico por todo mi cuerpo—. No has dormido mucho y pareces de buen humor —rezó el diagnóstico gratuito.

Mientras cogía mi gabardina, Bruno hojeó el catálogo de una exposición de Rothko que había sobre la mesa.

—¿Qué ves de especial en esto? —preguntó sacudiendo la cabeza—. Dos cuadrados rojos, ¡hasta yo podría pintarlo!

Sonreí.

—¡Por amor de Dios, tú limítate a tus narices! —repliqué empujándole hacia la puerta—. El valor de una obra de arte no se puede apreciar hasta que se está delante de ella y se nota si te dice algo. *Viens, Cézanne!* —Salí a la calle, cerré la puerta de la galería con llave y bajé la persiana.

—¡Qué tontería! ¿Qué me va a decir un cuadrado rojo? —Bruno soltó un bufido despectivo—. Bueno, si al menos fueran los impresionistas, esos sí me convencen, pero todos esos pintarrajos de hoy en día... quiero decir, ¿cómo puedes apreciar hoy en día lo que es «arte»? —Pude oír claramente las comillas.

—En el precio —le contesté con sequedad—. Al menos eso es lo que dice Jeremy Deller.

—¿Quién es Jeremy Deller?

—¡Venga, Bruno, olvídalo! Vamos a La Palette. En la vida hay cosas más importantes que el arte moderno. —Sujeté la correa al collar de Cézanne, que miró como si la última frase hiciera referencia a él.

—En eso estoy totalmente *d'accord* —dijo Bruno, y me dio unas palmaditas de aprobación en el hombro. Avanzamos juntos en la tibia tarde de mayo hasta que llegamos a mi bistró favorito, al final de la Rue de Seine, en el que las paredes están cubiertas de cuadros, los clientes incorregibles se sientan a fumar en la terraza haga la temperatura que haga y el robusto camarero bromea con las chicas guapas y les dice que en una vida anterior estuvo casado con ellas.

Yo respiré profundamente. Al margen de lo que la vida le depare a cada uno, era estupendo tener un buen amigo.

Una hora más tarde ya no pensaba que era estupendo tener un buen amigo. Estaba sentado con Bruno a una mesa de madera oscura, delante de una botella de vino tinto, y discutíamos tan acaloradamente que algunos clientes nos miraban con inquietud.

En realidad yo sólo buscaba un buen consejo. Le había contado a Bruno la aventura de la noche anterior, la fracasada noche de amor con Charlotte, la llamada llena de pánico de Soleil... y naturalmente le había hablado de la extraña carta de amor que había ocupado mis pensamientos durante todo el día.

—No tengo ni la más mínima idea de quién ha podido escribir esa carta. ¿Tú qué crees, debo contestar? —le pregunté, y en realidad sólo quería oír un «sí».

En vez de eso, Bruno frunció el ceño y empezó con sus especulaciones de teórico de la conspiración.

Dijo que era *sumamente* sospechoso que la remitente de la carta no revelara su identidad. Las cartas anónimas no había que contestarlas en ningún caso, eso estaba claro.

—¡Quién sabe qué clase de psicópata se esconde detrás! —Se inclinó hacia delante con mirada conspiradora—. ¿Conoces esa película en la que Audrey Tautou interpreta a una loca que se enamora de un tipo casado cuya mujer está embarazada y que después acaba en una silla de ruedas porque ella le estampa un pesado jarrón en la cabeza cuando la rechaza?

Yo sacudí la cabeza horrorizado. No se me había ocurrido pensar en eso.

—Nooo —contesté sin mucho entusiasmo—. Sólo conozco *Amélie,* y en ella todo acaba bien.

Bruno se reclinó satisfecho en su asiento.

—Mi pobre amigo, conozco a las mujeres, y te digo: ¡cuidado!

—¡Sí, ya! —repliqué—. Yo también conozco un poco a las mujeres.

—Pero no a ese tipo de mujeres. —Bruno casi susurraba—. Yo veo lo que entra y sale de mi consulta todos los días. Créeme, la mayoría están locas. Una se cree la reina de la noche, la otra piensa que es una princesa. Ninguna quiere envejecer y todas se ven demasiado gordas. ¿Y te acuerdas de aquella que operé de la nariz y que no paraba de llamarme día y noche por teléfono porque creía que yo me había enamorado de ella? —Bruno me lanzó una mirada significativa—. ¿Sabes cómo pueden llegar a ser las mujeres cuando se les mete una idea en la cabeza? ¡Contéstale y ya no podrás librarte nunca de ella!

—De verdad, Bruno, estás exagerando. Es la carta de una mujer que se ha enamorado de mí. ¿Por qué va a ser una psicópata? Además, la carta no me obliga a nada. Es más bien... una proposición encantadora, por no decir irresistible. —Subrayé mis palabras con un buen trago de vino y pedí una *salad au chèvre*. La discusión me había abierto el apetito.

—Una proposición encantadora, hmmm... —Bruno repitió mis palabras con gesto pensativo—. Lo que naturalmente también podría ser... —empezó a decir, y yo solté un suspiro para mis adentros.

Mientras yo me tomaba mi ensalada, Bruno desarrolló una nueva teoría que casi hizo que se me atragantara el queso de cabra templado.

Naturalmente, también podía ser que detrás se escondiera una empresa fraudulenta que de ese modo tan supuestamente personal intentaba conseguir direcciones de correo electrónico para convertir a la víctima (a mí) en un distribuidor de porno o de Viagra o para reclutar gente para agencias de contactos por internet.

—Contestas a esa dirección y enseguida te bombardean con ofertas desde Bielorrusia —me previno, y luego guardó silencio un momento—. Y si tienes muy mala suerte... —hizo una pausa cargada de malos augurios—, detrás de esa carta se esconderá un chiflado que se entretendrá infectando tu ordenador con algún virus o vaciando tu cuenta del banco.

—¡Bruno, ya basta! —dije enfadado, y dejé los cubiertos sobre la mesa con brusquedad—. ¡A veces parece que estás loco! Pensaba que podrías ayudarme a pensar quién es esa Principessa. En vez de eso empiezas a decir todas esas cosas raras. —Hice una breve pausa—. ¡Mafias de internet, qué ridículo! ¿Y mandan cartas escritas a mano, en papel hecho a mano, a cientos de casas? ¡Ni siquiera llegó por correo! —Alargué la mano hasta mi chaqueta, que estaba colgada en el respaldo de la silla, y cogí la carta—. ¡Mira, por favor! ¡«Para el Duc», pone en el sobre, *para el Duc!* —Miré a Bruno con aire triunfal—. Muy pocas personas me llaman así, o sea, que tiene que ser alguien que me conoce personalmente. Y no recuerdo que entre mis conocidos haya ningún psicópata, aparte tal vez de mi mejor amigo.

Bruno sonrió. Luego cogió el sobre azul claro que estaba entre nosotros como si fuera un pedazo de cielo.

—¿Puedo?

Yo asentí. Bruno leyó las líneas y guardó silencio.

—*Mon Dieu* —murmuró luego.

—¡¿Qué?! —pregunté con brusquedad.

—Nada... es sólo... ¡puf! Esta es la carta de amor más bonita que he leído jamás. Es una pena que no vaya dirigida a mí. —Sus ojos marrones me lanzaron por un momento una mirada soñadora—. ¡Qué suerte tienes!

—Sí —asentí satisfecho.

—¡Pero tiene que haber alguna pista! —Bruno paseó de nuevo su mirada diagnóstica por el papel, luego preguntó confuso—: ¿Estás seguro de que la carta era realmente para ti?

—¡Bruno, estaba en *mi* buzón! En el sobre pone *mi* nombre. Y no conozco a ningún otro «Duc» que viva en mi casa.

—Pero al final pone «Respóndame, Lovelace». *Lovelace,* no Jean-Luc.

—Sí, sí —repliqué impaciente—. Lovelace es el protagonista de una novela, de eso puedes olvidarte.

Bruno elevó sus pobladas cejas.

—¿Y qué *hace* ese tal Lovelace?

—Bueno él... seduce a las mujeres.

—*Ah... bon... Lovelace.* —Los ojos de Bruno brillaron—. Así que esa Principessa te considera un seductor, un donjuán... No, no —prosiguió cuando yo le hice un gesto de rechazo—, eso podría ser la clave de todo. ¿Y si miras en tu agenda a ver si hay alguna mujer que no haya conseguido todo lo que quería? ¿Una a la que hayas rechazado? ¿A la que le hayas partido el corazón? ¿A la que no has prestado suficiente atención? —Sonrió.

—No sé. Es posible. También puede ser alguna con la que no he estado nunca.

—O hace mucho, mucho tiempo.

—Venga, Bruno, que esto no es un cuento.

—Pero lo parece: «Todavía me palpita el corazón cuando recuerdo esa infeliz historia que por un breve y maravilloso instante nos acercó tanto que nuestras manos se rozaron...» —leyó Bruno—. ¿Qué desgraciada historia es esa de la que habla? ¿Y por qué ella también es culpable y tú te comportas de forma caballerosa? —Me miró con cara de ánimo—. ¡Piensa un poco! ¿No te dice nada?

Yo sacudí la cabeza y escuché en mi interior. No me decía nada.

—¿Qué fue de aquella morena con la que estuviste unos meses? ¿No era un poco chapada a la antigua y soñadora?

—¿Coralie? —Por un momento vi aparecer ante mí la melena corta y revuelta de Coralie y su cara pálida de ojos grandes e interrogantes cuando me decía por la noche: «*Je te fais un bébé, non?*».

—Bueno, no es que fuera anticuada —repliqué—, quería mudarse enseguida a mi casa, y quería tener un hijo...

—¡Qué inconcebiblemente horrible! —dijo Bruno con ironía.

—¡Bruno, quería tener un hijo tres horas después de habernos conocido! Era una especie de idea fija. Era adorable, pero no hablaba de otra cosa. Y cuando tuvo claro que yo no quería ningún *bébé,* o al menos no tan pronto, se marchó muy ofendida y con la mirada triste.

—Pero te sentiste aliviado, ¿no? —Bruno se rio, compadeciéndose de mí.

Yo me encogí de hombros.

—Curiosamente tuve mala conciencia. Coralie tenía algo que hacía que, como hombre, siempre te sintieras culpable. Como un pequeño cervatillo, ¿sabes? Que además cuando mira la carta de un restaurante necesita que le aconsejes porque él solo no puede decidir qué quiere comer.

Bruno asintió.

—Esas son las peores de todas. ¿Crees que ha podido escribir ella la carta?

Sacudí la cabeza.

—No, no es tan aguda como para hacer algo así. En realidad no tiene ningún sentido del humor.

—Lástima. —Bruno vació su copa—. Me temo que esta noche no vamos a poder resolver el misterio de la Principessa. Tal vez puedas seguir indagando en tu cerebro a ver si recuerdas otros encuentros desafortunados con las mujeres. ¡No creo que haya podido haber tantos! —Me hizo un guiño y llamó al camarero—. Aparte de eso, si quieres puedes contestar a la carta y plantear tus preguntas. ¡Cuentas con mi bendición! ¡Y mantenme al corriente! ¡Qué asunto tan emocionante!

Cuando abandonamos La Palette eran las once y media. Una ligera lluvia caía sobre la ciudad, y avancé pensativo con Cézanne por la calle mojada escuchando el sonido de mis propios pasos. La noche era muy tranquila, no como la anterior. ¿Y si había sido Charlotte? Por muy improbable que pareciera, lo que había pasado entre nosotros, o mejor dicho, lo que no había pasado entre nosotros podía considerarse un «encuentro desafortunado». O por lo menos no había terminado con la consumación.

Noté la carta en mi bolsillo y decidí compararla con la nota que había encontrado pegada en el espejo por la mañana. Entonces se vería si seguía en juego la Piedra de Rosetta.

Cuando entré en el oscuro patio interior, la luz de madame Vernier seguía encendida, y oí una música suave. No era algo habitual, pues madame Vernier defendía con ardor lo sano que era irse a dormir antes de medianoche: todo lo demás era perjudicial para el cutis.

—Usted también debería cuidarse, monsieur Champollion —me había aconsejado unos días antes cuando regresaba de dar un largo paseo con Cézanne.

Subí despacio las gastadas escaleras que llevan hasta mi casa en el tercer piso. Cezánne saltaba contento a mi lado, él era sin duda el más descansado de los dos. Abrí la pesada puerta de madera y entré en el recibidor. «¡Vaya día!», pensé con la ingenuidad de quien quiere disfrutar de un merecido momento de tranquilidad en su sillón... sin ni siquiera imaginar que a partir de entonces todos los días iban a superar al anterior en excitación.

Me dejé caer en el sillón, estiré las piernas y me encendí un cigarrillo antes de echar un vistazo a la nota de Charlotte. Debo admitir que no albergaba grandes esperanzas y pensaba hacerlo sólo para ir sobre seguro. Dejé vagar la mirada por el cuarto de estar con satisfacción. El sofá rojo con los cojines de diferentes colores. El sillón inglés de cuero marrón oscuro. Las pinturas antiguas y modernas que colgaban en las paredes combinando en bella armonía. La jarra de plata con los vasos de cristal tallado en la vitrina. Las pesadas cortinas ante las ventanas francesas que permitían acceder a los pequeños balcones de barandillas de hierro forjado. El sol Luis XVI de anticuario con el pequeño espejo redondo en el centro. La maravillosa reproducción de *El beso* de Rodin, que había sobre el mueble para mapas en el que guardaba litografías y que brillaba como si lo acabaran de pulir. Mi pequeño reino, mi refugio, creado por mí mismo y que me servía para recobrar fuerzas. Solté un suspiro de satisfacción.

Todo estaba recogido y limpio. *Demasiado* recogido y limpio.

Fue entonces cuando me di cuenta de que, en mi apresurada marcha, por la mañana había dejado un cierto caos tras de mí. Pero luego recordé que era jueves, el día que Marie-Thérèse venía a limpiar la casa. También me acordé de que, con las prisas, se me había olvidado dejarle el dinero. ¡Y entonces me acordé de otra cosa más!

Me puse de pie de un salto y corrí al cuarto de baño. Me invadió un olor a manzana y sentí náuseas. Por desgracia, en todos esos años no había conseguido que Marie-Thérèse renunciara a su limpiador de baño favorito. Me agaché y cogí la pequeña papelera que había debajo del lavabo. ¡Estaba vacía!

Me apoyé en el lavabo y me quedé mirando el sitio donde Charlotte había pegado el pequeño papel con el beso de pintalabios antes de que yo lo tirara a la papelera de forma mecánica y ella, con la ayuda de mi concienzuda asistenta, tomara el camino hacia los contenedores de basura del patio.

Intenté convencer al pálido hombre del espejo, que evidentemente hacía poco por su «cutis», de que el estudio grafológico habría resultado en cualquier caso insuficiente. Pero de pronto él ya no me creía.

Por desgracia siempre pasa lo mismo: en cuanto pierdes algo que creías tener asegurado, se convierte en objeto de máximo deseo. Cuando alguien se lanza sobre la cartera, los zapatos, el cuadro o la lámpara de pantalla veneciana ante los que estás dudando, en ese mismo instante sabes que *eso* era justo lo que estabas buscando.

De pronto estaba seguro de que la letra de la nota desaparecida habría coincidido con la de la carta. Y además, ¿no me había dejado escrito Charlotte que me debía una?

El cansancio había desaparecido. ¡Tenía que averiguar la verdad!

Quien haya rebuscado alguna vez en un contenedor de basura sabe de lo que hablo cuando digo que, en comparación, las duras excavaciones en la tumba de Tutankamón fueron una romántica aventura. Con las puntas de los dedos fui desenterrando latas de tomate vacías, botellas de vino, artículos de higiene usados, bolsas de patatas fritas arrugadas, frascos de paté y los restos mortales de un *coq au vin*. Y aunque había dejado de llover y la luna lo envolvía todo en una suave luz amarilla, mi incursión estaba exenta del placer que debió de sentir Schliemann ante sus descubrimientos.

Pero mi tenacidad fue recompensada. Después de veinte angustiosos minutos revolviendo en la basura tenía en la mano un papel arrugado que sorprendentemente había sobrevivido a su excursión a los bajos fondos de París sin sufrir, a excepción de una piel de patata que se había quedado pegada, grandes daños. Con un suspiro de felicidad me guardé mi tesoro en el bolsillo, cuando un objeto duro surgido de la nada se estampó en mi cráneo.

Caí al suelo como una piedra. Cuando volví a abrir los ojos oí una voz lastimera por encima de mi cabeza. Pertenecía a un fantasma vestido de blanco que se inclinaba sobre mí y no paraba de gritar: «¡Oh, Dios mío, oh, Dios mío, monsieur Champollion, lo siento mucho, lo siento mucho!».

Tardé un par de segundos en darme cuenta de que era madame Vernier la que estaba a mi lado en camisón.

—¿Monsieur Champollion? ¿Jean-Luc? ¿Se encuentra bien? —volvió a preguntarme con voz apagada, y yo asentí sin saber lo que decía. Me llevé la mano a la zona de la cabeza que me dolía y noté un bulto.

Me quedé mirando a mi vecina como si, con su vaporoso camisón de puntillas y el pelo suelto, fuera una aparición.

—Madame Vernier —murmuré desconcertado—. ¿Qué ha pasado?

Madame Vernier me cogió de la mano.

—¡Oh, Jean-Luc! —dijo entre sollozos, y me di cuenta de que era la segunda vez que me llamaba por mi nombre. En mi estado no me habría sorprendido nada que en ese momento ella me hubiera confesado que era la remitente secreta de la carta *(«Hace mucho tiempo que le amo, Jean-Luc... Siempre he tenido la esperanza de que Cézanne nos uniera para siempre...»).*

—¡Perdóneme, por favor! —La vecina en camisón parecía totalmente fuera de sí—. He oído ruidos en el patio, justo debajo de mi ventana, me he asomado y he visto a un hombre que se subía a los contenedores de basura. Creí que era usted un ladrón. ¿Todavía le duele? —A su lado había una pequeña mancuerna.

Solté un gemido.

«Galerista muerto mientras rebuscaba en los contenedores de basura», se me pasó por la cabeza. En realidad tenía mucha suerte de poder seguir pensando algo y no estar ya flotando en el Nirvana.

—Está bien, no ha sido para tanto —tranquilicé a madame Vernier, que seguía aferrada a mi mano.

—¡*Quel cauchemar,* qué pesadilla! —susurró—. ¡Me ha dado un susto de muerte! —De pronto cambió su mirada de preocupación y me observó con gesto severo—. ¿Qué hacía a estas horas en los contenedores de basura, Jean-Luc? Me sorprende... —Miró algunos restos que se me habían caído al suelo mientras rebuscaba y se echó a reír—. No será usted un vagabundo que busca comida entre la basura, ¿no?

Sacudí la cabeza, sentí un dolor terrible. Mi vecina tenía una energía sorprendente.

—Sólo buscaba una cosa que había tirado sin querer. —Consideré que le debía una breve explicación.

—¿Y? ¿La ha encontrado?

Asentí. Era la una y media cuando abandonamos la escena del crimen y madame Vernier se deslizaba por las escaleras delante de mí como una nubecilla blanca.

Cézanne, que estaba adormilado sobre su manta en el pasillo, movió el rabo a modo de saludo cuando regresé de mi aventura nocturna. Ya había desistido de seguir mi ritmo algo alterado de día y de noche, mis horarios de sacarle a la calle. Cuando tocaba, tocaba. Budismo canino. Por un instante le envidié por su vida sin complicaciones. Luego me incliné sobre mi escritorio, alisé la nota arrugada de Charlotte y puse a su lado la carta de la Principessa.

No había que ser ningún Champollion para comprobar que se trataba de dos caligrafías totalmente diferentes. Una era más bien recta y con trazos angulosos, la otra se inclinaba ligeramente a la derecha y mostraba trazos redondeados, entre los cuales destacaban sobre todo la B, la C, la D y la P.

Definitivamente, Charlotte *no* era la Principessa.

El descubrimiento rebajó de golpe mi nivel de adrenalina y me hizo sentirme de pronto terriblemente cansado. Me dolía la cabeza, y deseché la idea de escribir a la auténtica Principessa esa misma noche.

Para escribir una carta en condiciones tenía que estar descansado y en pleno uso de todas mis facultades físicas y mentales. Y estas habían sufrido mucho en las últimas horas.

Fui tambaleándome hasta el cuarto de baño y archivé definitivamente la nota de Charlotte en la papelera. Luego me lavé los dientes. Era todo lo que podía hacer por ese día. Eso pensaba.

5

Cuando tengo un buen día me parezco al tipo del anuncio de Gauloises. Pero cuando me dirigía a mi dormitorio a altas horas de la noche, descalzo y con mi pijama de rayas azules y blancas, apenas tenía ya nada en común, sin contar las rayas de mi ropa, con ese tío de tan buen humor que pasea contento a su perro con el eslogan de *Liberté toujours* de fondo.

Me sentía como si tuviera ciento cinco años y sólo quería una cosa: ¡dormir! Aunque hubiera estado delante de mí la princesa más bella del mundo, la habría rechazado, muerto de cansancio.

Cuando vi parpadear una pequeña luz roja en la penumbra, pensé primero que era una de las consecuencias del golpe en la cabeza. Pero se trataba sólo del contestador, que desde el fondo del vestíbulo lanzaba una callada señal en mitad de la noche. Apreté de forma mecánica el pequeño botón redondo.

—Tiene *un* mensaje nuevo —me gritó una voz automática de mujer en el oído. Y entonces oí otra voz femenina que hizo que un escalofrío me recorriera la espalda.

—¿Jean-Luc? Jean-Luc, ¿dónde estás? ¡Es casi la una y no te localizo! Tu móvil está apagado. —La voz sonaba nerviosa—. ¿Qué estás haciendo, en plena noche? ¿No has recibido mi mensaje? ¡Ibas a venir a verme! ¿Es que no te importo nada? —Siguió una breve pausa, luego la voz adquirió un tono histérico—. Jean-Luc, ¿por qué no coges el teléfono? Ya no puedo más, no voy a volver a pintar nunca más. Nunca más, ¿me entiendes? —Tras este dramático anuncio se produjo un largo silencio. Luego continuó la tragedia—. Está todo oscuro. Tengo frío y estoy sola.

Las últimas palabras sonaban realmente mal y a cuatro copas de vino, como poco.

Me desplomé en la silla que hay junto al teléfono y con un suspiro me tapé la cara con las manos. ¡Soleil! Me había olvidado por completo de Soleil.

—Mi querida y pequeña Soleil —susurré desesperado—. Por favor, perdóname, pero ahora no puedo llamarte. De verdad que *no puedo*. Son las dos y cuarto y no podría aguantar una terrorífica hora al teléfono. —El chichón me dolía mucho y quería que mi pobre cabeza descansara por fin en una almohada blanda, ansiaba sumergirme en la oscura paz de mi dormitorio.

Y me pregunté si era una mala persona si dejaba toda una noche sola con su desgracia a esa criatura que dudaba del mundo y de sí misma.

—¡Soy un cerdo! —murmuré—. Pero si no me meto ahora mismo en la cama me voy a caer muerto aquí mismo.

Luego, soltando un suspiro cogí el auricular y marqué el número de Soleil Chabon.

Media hora más tarde estaba sentado en un taxi camino de Trocadéro.

Ya había leído alguna vez que en determinadas circunstancias el ser humano desarrolla de pronto fuerzas insospechadas. Sigue caminando totalmente agotado por el Sahara con la esperanza de encontrar todavía un oasis que le salve la vida. Puede estar tres noches sin dormir y mantenerse despierto ante su ordenador gracias al café para que el trabajo esté listo un minuto antes de que termine el plazo de entrega. Se agarra media hora más de lo físicamente posible a una cuerda cuando abajo le espera un río lleno de cocodrilos hambrientos. El hombre es sorprendente en sus posibilidades, y yo experimenté en mis propias carnes los efectos de una repentina descarga de adrenalina.

Nervioso e inquieto, observé la Torre Eiffel a mi izquierda cuando recorríamos el Quai d'Orsay ya desierto. Di gracias por conocer bien París, y así al menos podía indicar al taxista el camino hasta la Rue Augerau, una calleja cerca del Champs de Mars.

—¡Tú decir, yo conducir! —La lapidaria invitación del conductor, cuyo lugar de nacimiento debía de estar en algún punto del más profundo Sudán, habría sido demasiado para cualquier cliente que no conociera tan bien la ciudad.

—¿Podría ir un poco más deprisa? —le pregunté al hombre negro, que llevaba la gorra bien calada—. *Je suis pressé,* tengo mucha prisa.

Era evidente que el hombre del continente africano no estaba acostumbrado a tales premuras. Gruñó alguna insolencia en su idioma, pero pisó el acelerador.

—¡Se trata de una emergencia! —dije tratando de motivarle.

Yo no sabía si se trataba de una emergencia. Sólo sabía que una hora después de que dejara el trágico mensaje en el contestador Soleil ya no contestaba el teléfono. La había llamado cinco veces seguidas sin éxito, luego ya no esperé más.

Era posible que simplemente se hubiera ido a dormir después de desconectar el teléfono, pero yo no quería ser culpable de su muerte. La conciencia me atormentaba. Y la noche aportaba su propio dramatismo.

El taxista frenó de golpe delante del número que le había indicado. Yo ya había visitado varias veces a Soleil en su estudio, donde también vivía y dormía.

Sin necesidad de pensarla, tecleé la combinación que abría el portal. Luego crucé a toda prisa el patio, en el que crecían algunos árboles, y me detuve casi sin aliento delante de la puerta de su casa. Llamé al timbre con insistencia, y como no pasaba nada aporreé la puerta con el puño.

—¿Soleil? ¡Soleil, abre! ¡Sé que estás ahí!

Entonces tuve un *déjà vu*. Dos años antes ya había estado aporreando esa puerta. En aquella ocasión Soleil se hizo la muerta durante una semana. Se negaba a contestarme. Le llené de mensajes el contestador, le pedí que me llamara, pero no lo hizo. No se dignó contestar al teléfono y me dejó fuera, delante de la puerta, como si no hubiera nadie. Y todo únicamente porque le daba miedo decirme que sus cuadros no estaban listos todavía.

Como estaba preocupado y en realidad no quedaba mucho tiempo, esa vez le lancé por debajo de la puerta un papel con un mensaje escrito con letras grandes.

HABLA CONMIGO.
¡CINCO MINUTOS!
TODO SE ARREGLARÁ.

Debajo dibujé un pequeño monigote que se suponía que era un Jean-Luc suplicante. Pocos segundos después se abrió la puerta muy despacio.

¡Qué voy a decir... los artistas son seres muy especiales! Junto con todo su instinto creativo poseen espíritus muy sensibles y una seguridad en sí mismos terriblemente inestable que hay que reforzar continuamente. Y un galerista que trabaja con «artistas vivos» tiene que ser capaz sobre todo de una cosa: de aguantarlos.

A mi lado sonó un apagado maullido. Miré hacia abajo. Dos ojos verdes y brillantes me miraban fijamente. Pertenecían a Onionette, que significa «cebollita». Y Cebollita es la gatita de Soleil. Todavía no he descubierto por qué el animalito lleva el nombre de una liliácea, pero ¿por qué iba a tener Soleil un gato que se llamara Mimí o Foufou? Eso sería demasiado normal.

—Onionette —susurré sorprendido, y acaricié el pelo atigrado del felino, que no dejaba de ronronear—. ¿De dónde vienes?

Onionette se restregó un par de veces contra mis piernas, luego desapareció en la pequeña terraza, separada del patio interior, que pertenecía al estudio de Soleil. Me asomé por el hueco que había a un lado entre el seto y la pared, y a través de la puerta corredera de cristal pude ver el dormitorio de Soleil.

La habitación estaba a oscuras, las persianas a medio bajar, y no pude apreciar si Soleil dormía en su cama improvisada, un enorme colchón puesto sencillamente en el suelo.

—¿Soleil? —Di unos golpecitos en el cristal, luego empujé suavemente la puerta corredera. Se deslizó como si hubiera dicho «¡Ábrete, Sésamo!», y me sorprendió la despreocupación de Soleil. En lo más profundo de su corazón seguía viviendo en la naturaleza intacta de las islas de las Indias occidentales donde se había criado.

Contuve la respiración y percibí la tranquila oscuridad de la habitación.

—Soleil, ¿va todo bien? —dije en voz baja, y noté el olor casi irreal y a la vez embriagador a aguarrás, canela y vainilla que inundaba la estancia. Era como si me permitiera el acceso clandestino a un harén oriental.

Me deslicé en silencio hasta la cama, que estaba al fondo del enorme espacio de techos altos. Y allí estaba Soleil, tendida sobre las sábanas blancas como una figura de bronce. Estaba completamente desnuda. Un débil resplandor que entraba por la puerta abierta que daba a la cocina iluminaba suavemente su cara, y su pecho subía y bajaba con la más bella regularidad.

En un primer momento me sentí aliviado. Luego hechizado. Observé a Soleil dormida y de pronto todo me pareció tan irreal como si estuviera soñando. Me di cuenta de que mi mirada llevaba demasiado tiempo posada en ese precioso cuerpo.

¿Qué hacía yo allí? ¡Me colaba en casas ajenas y miraba a mujeres desnudas! Soleil dormía como una diosa, no le pasaba nada, y yo ya no estaba allí para salvarle la vida, sino como un *voyeur*.

Aparté la mirada y ya iba a emprender la retirada en silencio cuando mi tobillo rozó un objeto. La botella de vino vacía que había en el suelo se volcó con un fuerte estruendo que en el silencio de la noche sonó como si se hubieran derrumbado las murallas de Jericó.

Yo me estremecí.

La figura de bronce se había movido y miraba hacia donde yo estaba.

—¿Hay alguien ahí? —La voz de Soleil sonaba adormilada.

—¡Soy yo, Jean-Luc! —contesté susurrando—. Sólo quería ver si estabas bien. —Al fin y al cabo, era la verdad.

Los ojos de Soleil brillaron. No parecía sorprendida de que su galerista y agente estuviera en plena noche delante de su cama. Se sentó con la naturalidad de un niño. Sus senos pequeños, redondeados y de color café con leche vibraron ligeramente, habría tenido que taparme los ojos para no verlo.

Con gran frialdad concentré mi mirada en su cara y asentí con amabilidad, como un médico haciendo una visita.

Soleil estiró su boca grande en una sonrisa aún mayor, y sus blancos dientes resplandecieron en la oscuridad.

—¡Has venido! —dijo feliz, y me tendió una mano.

—Naturalmente —dije atreviéndome a dar un paso adelante—. Estaba preocupado... tu voz sonaba fatal.

Cogí la mano de Soleil y me habría gustado consolarla con un abrazo, como habría hecho con una buena amiga que tuviera problemas, pero no me pareció del todo apropiado a la vista de sus hombros desnudos. Así que me mantuve un instante inclinado de forma algo curiosa sobre ella. Luego le apreté la mano para infundirle ánimo antes de soltarla con suavidad.

—Siento no haber venido antes. Volveré mañana por la tarde, te lo prometo. Y entonces hablaremos de todo.

Soleil asintió. El hecho de que hubiera acudido a su casa en mitad de la noche porque estaba preocupado pareció llenarla de satisfacción.

—Sabía que no me fallarías —dijo. Luego soltó un suspiro—. ¡Ay, Jean-Luc! Han pasado tantas cosas, me siento tan confundida...

¿Había alguien en este planeta que pudiera entender esas palabras mejor que yo?

—Todo se arreglará —le dije lleno de empatía y refiriéndome en parte a mí mismo—. Y ahora sigue durmiendo.

Soleil se volvió a echar y se tapó obedientemente con la sábana. Yo le acaricié el pelo con suavidad, luego me incorporé.

—Gracias, Jean-Luc, sigue durmiendo tú también —murmuró. Sonriendo, salí por la puerta de la terraza.

Eran las cuatro y veinte. Dado que no había pegado ojo en toda la noche, no se podía hablar de «seguir» durmiendo. Pero sí de dormir «por fin». Y nada me lo iba a impedir. Ni siquiera un terremoto. Ni un amigo con problemas. Ni la Principessa en persona.

A pesar de mi excursión nocturna, pocas horas después me desperté totalmente descansado. Debo decir que me sentía mucho mejor que la mañana anterior. Tal vez mi cuerpo se estuviera habituando a dormir poco. Si Napoleón había salido victorioso de sus campañas con cinco horas de sueño escasas, ¿por qué no me iba a funcionar a mí también?

Era todo cuestión de actitud.

Me sorprendí a mí mismo cantando en la ducha. ¡Hacía milenios que no lo hacía! «*J'attendrais...*», grité a la cortina de ducha color turquesa con pequeñas conchas blancas que se movía como el mar, y me asombré de mi buen humor.

¡Era sábado por la mañana y por fin tenía tiempo libre!

Había llamado a Marion para pedirle que por una vez fuera puntual, abriera la galería y estuviera en su puesto en la Rue de Seine hasta el mediodía. Había llamado a madame Vernier para pedirle que se hiciera cargo de Cézanne (si me tocaba el bulto de la cabeza me parecía que me debía ese pequeño favor). Pensaba bajar a la *boulangerie* y comprarme un... ¡no, dos! cruasanes recién hechos y sentarme en mi escritorio con un *petit noir* bien fuerte y con mucho azúcar, y luego... ¡Y luego!

La perspectiva de contestar la carta de la Principessa y entrar en contacto con esa desconocida, seguramente tan misteriosa como bella, que me hacía halagos tan maravillosos que hasta mi mejor amigo me envidiaba, me puso de muy buen humor.

Pero cuando una hora más tarde estaba sentado delante de mi pequeño portátil blanco y había escrito por primera vez la dirección de email de la Principessa no supe muy bien cómo empezar.

¿Asunto? ¿Qué debía poner en el campo «Asunto»? En cierto modo esas categorías modernas que deben resumir el contenido de un escrito en una línea no resultaban muy adecuadas para las cartas de otros tiempos.

¿Su carta del jueves? ¡Imposible! ¿Respuesta a su carta? Eso sonaba poco ingenioso. ¿Para la Principessa? Bueno, ¿para quién si no?

Releí otra vez la carta de la Principessa, me perdí en sus líneas y entonces encontré la palabra que me pareció más adecuada.

Asunto: *¡Seducido!*

Satisfecho, me recliné en el respaldo de la silla, di un sorbo de café y pensé si debía empezar la carta con «Estimada señora» (sonaba a persona mayor), «Querida Principessa» (demasiado normal) o «Queridísima Principessa» (demasiado pretencioso).

Ya me había decidido por «Bellísima Principessa» cuando sonó el teléfono. Maldiciendo en voz baja, descolgué el auricular.

—¿Sí, dígame? —dije con brusquedad.

—¿Jean-Luc? —Sorprendentemente, no era Soleil.

—¿Qué pasa, Marion?

—¿Estás de mal humor? —preguntó.

Si hay algo que odio de las mujeres es esa manía de contestar a una pregunta con otra pregunta.

—No, estoy de muy buen humor —me limité a responder.

—Pues no lo parece —insistió Marion—. ¿Te pasa algo?

Suspiré.

—Marion, por favor, dime qué quieres, estoy haciendo... una cosa y tengo que concentrarme.

—¡Ah, bueno! ¿Y por qué no me lo has dicho?

Puse los ojos en blanco.

—¿Y bien?

—Ha llamado esa Conti del hotel. —Oí cómo mascaba chicle—. Ha preguntado alguien por ti.

Me encanta la precisión de los mensajes de Marion.

—¿Quién? ¿Era monsieur Bittner? —¿Me había dicho que quería reunirse conmigo el fin de semana para hablar sobre Julien? Tenía que prestar más atención. Las cosas se me empezaban a ir de las manos.

—*Non,* no era nuestro amigo alemán. Era una mujer. *Une dame,* según ha dicho mademoiselle Conti.

—¿Y... esa mujer tiene un nombre? —pregunté ya nervioso.

—No. Sí. No sé... Ahora que lo dices... No recuerdo que mademoiselle Conti mencionara ningún nombre...

Marion pareció pensar, y yo suspiré. ¡Claro que mademoiselle Conti no había mencionado ningún nombre! ¿Para qué? ¿Qué eran los nombres cuando se trabajaba en un hotel?

«Tengo una excelente memoria para las caras, pero con los nombres no doy una», rezaba la sincera disculpa de la recepcionista cada vez que cambiaba u olvidaba un nombre.

—Será mejor que la llames y se lo preguntes. —Marion ya había hablado bastante y de pronto le entraron las prisas.

Antes de que pudiera dar la conversación por finalizada oí un estruendo ensordecedor al otro de la línea, luego sonó la campanilla de la puerta. Marion dejó escapar un grito de alegría.

—Tengo que colgar. ¡Hasta luego!

Sacudiendo la cabeza, dejé el auricular y decidí pasar más tarde por el Duc de Saint-Simon para hablar personalmente con mademoiselle Conti. Pero ahora tenía algo más importante que hacer. Apagué todos los teléfonos y me puse a pensar.

¿Cómo se escribe a una persona a la que no se conoce, de la que no se tiene ninguna imagen, que te ha dado algunos enigmáticos indicios que intentas en vano descifrar, pero que te ha escrito con tanto amor y ha dicho cosas tan bonitas sobre ti que te gustaría conocerla?

Mientras estaba sentado ante mi ordenador y miraba la pantalla vacía, en la que aparte de «Bellísima Principessa» no ponía nada más, me sentí como un escritor de novelas ante la famosa página en blanco.

No es que tuviera miedo, pero cada vez me exigía más a mí mismo. Entonces me di cuenta de que la carta de la Principessa era para mí una auténtica trampa, una trampa supuestamente maravillosa, pero había infravalorado el asunto.

No sólo quería descubrir quién era esa mujer que me provocaba con palabras atrevidas, de pronto quería también ser ingenioso, encantador, perspicaz, expresivo, no quería quedar en ridículo bajo ningún concepto. Y además, hay que recordarlo, ya no tenía ninguna práctica en relación con las cartas privadas.

Después de siete cigarrillos y tres *petit noirs,* que se quedaron fríos antes de bebérmelos, el «trabajo» estaba terminado. Mi dedo índice tembló unos segundos sobre la tecla «Intro», y debo admitir que me sentí extrañamente excitado cuando la pulsé.

Había contestado. Mi carta volaba como email por el espacio virtual de forma irremediable, a la velocidad de la luz muchos, muchos kilómetros, o quizá muy pocos, hasta alcanzar su destino.

La aventura había comenzado.

6

Asunto: *¡Seducido!*

Bellísima Principessa:

Quienquiera que sea usted, la que apunta con flechas doradas a mi corazón —pues todavía no se puede hablar de pequeñas partículas de oro posadas suavemente en su fondo—, debe saber que su escrito, para mí tan sorprendente, ha provocado el efecto deseado.

De todos modos, querida, no debe frotarse las manos todavía, pues podría ser que necesitara de nuevo sus bellos dedos, sea para volver a escribirme, sea para hacer con ellos otras cosas que por motivos de decencia no me gustaría detallar aquí (y si en este momento se sonroja será mi dulce venganza por sus sueños nocturnos con los ojos abiertos en los que mis manos juegan sin saberlo un atrevido papel).

Si le respondo ahora, con dos días de imperdonable retraso, se debe a que, sea por el motivo que fuere, mi vida, siempre armónica, se ha convertido en un frenético torbellino que me tiene sin aliento.

Desde esa mañana de hace dos días en que cogí del buzón su sobre de color azul cielo se acumulan los acontecimientos, no he tenido un momento de tranquilidad, por no hablar de la falta de sueño, y, por favor, debe creerme cuando le aseguro que este es mi primer momento de paz.

Su carta me ha sorprendido y fascinado a la vez.

Desde el jueves no dejo de pensar quién se esconde detrás de la Principessa. ¿Es una mujer que conozco? Y si es así, ¿de qué y desde cuándo? ¿Y hasta qué punto? Mi cerebro trabaja febrilmente y no obtiene ningún resultado. Pues usted me oculta todo, todo excepto sus palabras, que están llenas de veladas insinuaciones e increíbles promesas.

¿Qué debo pensar, Principessa? ¡Salga de su escondite! ¡Me gustaría convertirme en el hombre más feliz que ha visto nunca París, sí, el mundo! Pero la felicidad no consta únicamente de palabras, sino también de actos que yo estaría encantado de llevar a la práctica si usted me lo permitiera.

¿Le habría gustado besarme cuando nuestras manos se rozaron? Mon Dieu, *¡quien escribe así debe de besar muy bien! ¿Estaba yo tan ciego que simplemente dejé pasar ese feliz momento? Ya estoy empezando a enfadarme por no haberla besado. Como habrá notado (y su indirecta de que cada vez hay una mujer diferente a mi lado no es sólo indiscreta, sino también un poco descarada), soy un hombre al que le atraen las mujeres, lo que no considero un delito. No obstante, es evidente que hay algo muy importante que ha escapado a mi atención: ¡usted! ¡Un error imperdonable, a mi parecer!*

Y ahora me castiga haciéndome sentir una gran curiosidad. Usted sabe cosas sobre mí, yo en cambio no sé nada de usted, y después de dos días eso me resulta casi insoportable.

¿Debo buscar en viejos álbumes y agendas para encontrarla? ¿Hacia dónde debo dirigir mis pasos? ¿Hacia delante, hacia atrás... o en una dirección completamente distinta?

Aunque se esconda tras agudas palabras, de ellas se desprende que es usted una mujer que ama, o al menos que está enamorada, y por eso le ruego, no, le exijo, mi bella inaccesible, que rinda tributo a su corazón y al Duc y me dé al menos un pequeño indicio (al que puede seguir una gran cena en un restaurante adecuado, a la que la invito en este momento).

¡Principessa! Hace dos días que voy por el mundo sin poder concentrarme porque usted ya no se me va de la cabeza. No acudo a las citas, no presto atención, se me olvida comer, ¡y usted es mi enigma preferido! Pero eso es lo que usted pretendía, ¿no?

Me ha seducido, y ahora siento curiosidad por saber hasta dónde me quiere llevar. Si no fuera el hombre que soy, no sabría qué imaginar.

Con esto acepto su desafío, un Duc sabe manejar bien su florete y no debe temer ningún duelo por duro o fácil que sea.

Pero me gustaría prevenirla, Principessa: ¡puedo ser muy tenaz, y no se me va a escapar fácilmente!

A la espera de recibir hoy mismo noticias suyas, le saluda con gran impaciencia (que me debe disculpar),

Su Duc de Champollion

Satisfecho, me recliné en el respaldo de la silla. Me parecía que le había dado al mensaje el tono apropiado. ¿La Principessa quiere el siglo XVIII? Pues aquí tiene siglo XVIII. Ella era la Principessa, yo el Duc. Si ese era el camino para acercarme a ella, no tenía inconveniente en recorrerlo.

El arte de seducir a una mujer consiste fundamentalmente en no aceptar un no, en no rebajar la atención que se le presta y tratarla como a una reina. En este sentido, según yo había comprobado, toda mujer era una princesa. Cada mujer era un pequeño prodigio, y cada una tenía sus propios caprichos, que lo mejor era satisfacer con generosidad.

Sonreí, cogí satisfecho un trozo del oloroso cruasán que Odile, la robusta hija del propietario de la panadería, me había envuelto en papel después de que yo, como cada mañana, le dijera un pequeño cumplido. Me creía ya muy cerca del objetivo. Después de esta carta, a lo sumo después de la siguiente, la Principessa se daría a conocer, ninguna mujer puede mantener un secreto durante mucho tiempo, ni siquiera cuando el secreto es ella misma. Este lo iba a desvelar yo con las más bellas palabras, hasta que ella mostrara su identidad y sus armas.

¡Y al final ganaría yo el juego!

¡Ay, qué orgullo desmesurado! ¡Qué estúpido era! ¡Cómo me había sobrevalorado a mí mismo! Si hubiera podido ver el futuro, lo que sólo en unos pocos casos resulta una ventaja, se me habría borrado enseguida la sonrisa de satisfacción.

Pero en ese momento seguí mirando mi carta, y estaba pensando a qué restaurante podría llevar a la Principessa en el caso de que ella me gustara tanto como su carta cuando un suave «¡Pling!» me anunció un nuevo email.

¡La Principessa había contestado!

¿Era yo un tipo genial, seguro de su triunfo y cuyas esperanzas se habían hecho realidad? No. El corazón me latía con fuerza cuando las líneas negras se materializaron en mi pantalla.

Asunto: *Sin concentración...*

Mi querido Duc, el gran impaciente:

Su hermosa carta acaba de llegar hasta mí, la he leído con corazón palpitante, y aunque en este momento no tengo tiempo, ya que debo atender asuntos urgentes, me gustaría liberarle enseguida de su impaciencia, no de su incertidumbre en lo que respecta a mi persona, y sé que eso le va a enojar.

¡Tenga paciencia, Lovelace! Si demuestra ser digno de mí, lo obtendrá todo de mí, ¡incluso mi nombre!

Me siento sumamente feliz de que me haya respondido, celebro nuestro intercambio verbal, pues a la vista de su primera carta compruebo que está usted a la altura de las circunstancias.

No me ha pasado desapercibido el hecho de que es usted un hombre de buen gusto, pero me causa cierto dolor que encuentre atractivas a las mujeres bellas (y que en ocasiones también le guste desnudarlas), ya que, mon cher monsieur, *no tengo previsto compartirlo con nadie. Sabía que conoce usted bien los cuadros, pero me ha sorprendido y fascinado que sepa manejar con tanto primor las palabras.*

Me gustaría saber más de usted, y usted también debe conocer qué tipo de mujer soy yo. Poco a poco, paso a paso, primero de forma vacilante, luego con febril impaciencia, iremos despojándonos de nuestras vestiduras hasta que nada quede oculto y estemos uno ante el otro como la naturaleza nos ha creado: ¡desnudos!

¡Esta noche he soñado con usted, querido Duc!

De pronto estaba usted delante de mi cama, me acariciaba la piel, me rozaba con la mayor delicadeza... Debo tener cuidado de no perder la cabeza, aunque me temo que ya la he perdido.

Sus palabras provocan en mi corazón tanta confusión como su imagen, que aparece con tanta claridad ante mis ojos que me parece poder tocarla.

¿Piensa usted que yo *puedo concentrarme en algo? ¡Cómo me gustaría poder tomar ahora mismo su mano y pasear con usted en esta bella mañana de mayo a lo largo del Sena, que brilla al sol como una cinta plateada. Cézanne correría impaciente delante de nosotros y tendría que esperarnos, pues en cada puente nos detendríamos y nos besaríamos... ¡Admita que eso sería infinitamente más bonito que todas las cosas que tenemos que hacer!*

Su Principessa (que intenta en vano volver a concentrarse en su trabajo)

Sonriendo, sacudí la cabeza. Esa mujer sabía realmente cómo hacer que un hombre mostrara sus sentimientos. Mis dedos volaron sobre el teclado cuando escribí una respuesta inmediata, que esperaba que llegara enseguida a la atareada Principessa.

Asunto: *Protesta*

Cara Inconcentrata:

(Mis conocimientos del italiano son escasos y no sé si esta palabra existe realmente, pero suena muy bien).

¡Por favor, no permita que interrumpa su falta de concentración! ¡Hay que mantenerse poco concentrado! Paseemos al menos mentalmente al sol. Claro que admito que eso sería más bonito que concentrarse en cualquier asunto de la vida cotidiana. Pues con cartas tan seductoras todo lo demás carece ya de importancia.

En cualquier caso, debo hacer una objeción: besarse en cada puente que cruza nuestro bello Sena... no, eso no me gusta, ¡protesto!

¿Por qué es tan avara con sus besos, Principessa? ¡Sea derrochadora y deje de contarlos! En ese paseo por la primavera me gustaría besarla siempre que quisiera. Y no tenga ninguna duda de que a usted también le gustaría. Ninguna mujer se ha quejado todavía en ese sentido, si puedo decirlo sin incomodarla.

¡¿Si al menos supiera a qué bella flor estoy besando?!

Resulta evidente que a usted le causa enorme placer hacerme esperar a que esto ocurra. ¡No sea tan malvada!

No sé qué delito he cometido para que usted me trate de este modo, en su primera carta mencionó un «encuentro desafortunado», pero deme por favor el más insignificante de todos los indicios y yo la dejaré tranquila de momento.

¿O es que siente miedo ante el terrible gigoló que usted considera que soy?

Su Duc

Me habría apostado no sólo el dedo meñique, sino la mano entera, a que la Principessa no iba a dejar esa última frase sin comentar.

¡Exacto! Pocos minutos después llegaba con un «¡Pling!» un nuevo mensaje a mi buzón. Esta vez eran muy pocas líneas. Intrigado, abrí el email. Aunque parezca mentira, ese pequeño intercambio de golpes me hacía sentir en forma.

Asunto: *Una adivinanza*

¿Miedo? ¡Tiene usted un concepto demasiado elevado de sí mismo, mi querido amigo! Tampoco es usted tan terrible. Y me resisto a sus besos magistrales de los que todavía no se ha quejado ninguna mujer. No corresponde a la esencia de una Principessa ser sólo una más. Eso debe usted tomarlo en consideración si quiere tener algo conmigo. Debe ocurrírsele algo mejor para convencerme.

Pero dado que no parece querer darme un respiro y en este momento yo lo necesito con urgencia, le plantearé una pe-

queña adivinanza con la que quiero responder a su urgente deseo de tener un «indicio insignificante»:

Me ve y no me ve.
Me conoce y no me conoce.

¡Más no le voy a desvelar! Al fin y al cabo, usted lleva en la sangre la capacidad de descifrar escritos crípticos, ¿no es cierto, monsieur Champollion?

La Principessa

P.D.: Su italiano podrá ser muy rudimentario, pero la palabra que menciona existe en realidad.

¡La Principessa resultó ser una sabionda! Me tomaba el pelo, me provocaba y se reía de mí. Casi me pareció oír una risa cristalina cuando leí el párrafo del irónico «usted lleva en la sangre la capacidad de descifrar escritos crípticos, ¿no es cierto, monsieur Champollion?».

Y en cierto modo me gustó. Ya me parecía conocerla, a pesar de que ni siquiera sabía qué aspecto tenía.

El pequeño enigma que había pensado generosamente para mí no me sirvió para avanzar un solo paso. Bueno, al menos ahora sabía que era alguien a quien veía y conocía. Aunque sin verla o conocerla *de verdad*. Pues eso es lo que decía el sofisticado dístico de mi pequeña esfinge, que —estaba claro— tenía un cierto tono de reproche.

Con esa pista entraron en consideración muchas mujeres de mi entorno. En realidad podría ser hasta Odile, la hija del panadero que siempre me vendía los cruasanes con esa tímida sonrisa. Una chica joven, un agua mansa que —quién sabía— tal vez ocultaba un espíritu romántico en su pecho. Ni siquiera a mademoiselle Conti podía excluirla. ¿Me había preguntado alguna vez en serio qué escondía esa pequeña gobernanta que se enfrentaba a clientes impertinentes? ¿O era madame Vernier? De pronto me acordé de la alusión a Cézanne. ¿Era eso una pista segura? Charlotte no podía ser, tenía la letra distinta, aunque era la única que me había llamado «mi pequeño Champollion» y había bromeado con la Piedra de Rosetta.

Pensativo, imprimí las cartas. Tampoco andaba muy descaminado mi amigo Bruno cuando afirmaba que podía tratarse de una mujer a la que no prestaba o había prestado suficiente atención. Dejé los platos en el fregadero, cogí mi chaqueta y salí hacia la Galerie du Sud.

Eran las once y media, y yo también tenía asuntos cotidianos que atender.

7

Aquel sábado primaveral reinaba un bullicioso ajetreo en Saint-Germain. Los habitantes de París seguían su camino por las pequeñas calles llenas de turistas que se detenían delante de cada escaparate y aplastaban la nariz contra el cristal. Parejas de enamorados paseaban cogidos de la mano por las estrechas aceras. Los coches pitaban, las motos pasaban haciendo ruido, delante de Les Deux Magots había gente sentada al sol contemplando la iglesia de St-Germain-des-Prés con satisfacción. Se saludaban, besito a la derecha, besito a la izquierda, hablaban, fumaban, reían y removían sus *café crème* o sus *jus d'orange*. Todo París parecía de buen humor, y este resultaba contagioso.

Bajé animado por la Rue de Seine, un ligero golpe de viento me revolvió el pelo, la vida era bella y estaba llena de maravillosas sorpresas. Dos hombres elegantemente vestidos abandonaban en ese momento la Galerie de Sud. Rieron y gesticularon con las manos antes de desaparecer en la siguiente calle.

Abrí la puerta de la galería. En un primer momento tuve la sensación de que no había nadie, pero entonces vi a Marion y me quedé sin habla.

¡Esta vez sí que se había pasado!

Estaba sentada en uno de los cuatro taburetes de bar forrados de cuero que hay en la parte posterior delante de una pequeña barra, limándose las uñas mientras canturreaba. Sus largas piernas apenas estaban tapadas por unos harapos de ante marrón oscuro que no se podía saber si eran una falda o más bien un cinturón ancho. La blusa banca que llevaba le estaba demasiado grande y permitía ver más de lo que sería normal en una playa de Hawái.

—¡Marion! —grité.

—¡Aaah, Jean-Luc! —Contenta, Marion dejó caer la lima de uñas y se bajó del taburete—. Me alegro de que hayas venido. Bittner acaba de llamar para saber si os podríais reunir hoy.

—Marion, esto no puede ser —le dije enfadado.

—Pues entonces será mejor que le llames cuanto antes —contestó Marion con naturalidad.

—Me refiero a tu ropa. —La miré con incredulidad—. De verdad, Marion, tienes que decidir ya de una vez si quieres trabajar de animadora en el Club Med o en una galería. ¿Qué significa ese delantal de cuero? ¿Me tomas el pelo, no?

Marion sonrió.

—Te gusta, ¿verdad? Me lo ha regalado Rocky. —Se giró sobre sí misma—. Tienes que reconocer que me sienta muy bien.

—¡Lo reconozco, pero no en mi galería! —Intenté dar a mi voz un tono de autoridad—. Si desconciertas a nuestros clientes hasta el punto de no saber si deben mirarte primero el escote o las bragas, ya no se van a interesar por los cuadros que tenemos colgados.

—¡Qué exagerado, Jean-Luc! En primer lugar, no se me ve la ropa interior, lo que es una pena, y en segundo lugar, acaban de estar aquí dos italianos encantadores a los que no les ha importado cómo voy vestida. —Tiró un poco de la falda para abajo y me lanzó una sonrisa triunfal—. ¡Al revés! He tenido una agradable conversación con ellos y han comprado el cuadro grande de Julien y quieren recogerlo el lunes... ¡aquí! —Me tendió una tarjeta de visita—. Los italianos sí que saben apreciar que una mujer se ponga guapa.

—¡Marion! —Cogí la tarjeta y la amenacé con el dedo índice. Esa chica siempre tenía un argumento en contra, y hacía su trabajo muy bien—. Espero que vengas a mi galería vestida de forma apropiada. Con ropa apropiada para los franceses de cierto nivel, ¿entendido? ¡Si vuelves a aparecer con esa faldita de *stripper* me ocuparé de ti personalmente!

Ella sonrió, y sus ojos verdes brillaron.

—*Aaah, mon petit tigre,* mi pequeño tigre, qué miedo me das... aunque... —Me miró de arriba abajo como si me viera por primera vez—. En realidad no es mala idea. —Se metió un dedo en la boca con gesto coqueto, luego sacudió la cabeza—. No, Rocky no estaría de acuerdo, me temo.

—Bueno, entonces queda todo claro —dije.

—¡Todo claro, jefe! —repitió Marion guiñándome un ojo. Y cuando se agachó para atarse el cordón del zapato derecho y me mostró su pequeño trasero, durante un instante de descontrol me tembló la mano derecha y tuve que contenerme para no darle a esa descarada el azote que se merecía.

Enseguida pasó ese instante. Marion se incorporó de nuevo, se colocó bien la blusa y, en atención a mí, se abrochó un botón. Le di algunas instrucciones: que revisara el correo que quedaba, que no cerrara la galería antes de las dos y, de cara a la próxima exposición de Soleil —la última antes de que empezaran las vacaciones de verano y París quedara desierta—, que llamara a la imprenta que debía hacernos las invitaciones. A la hora de negociar el precio Marion era imbatible.

—¡Sí, sí, sí! —asintió impaciente, y me puso el auricular del teléfono delante de las narices—. ¡Pero no te olvides de Bittner!

—¿Bittner? ¡Ah, sí!

Pillé a Karl todavía en el Duc de Saint-Simon (para él el día no empieza antes de las once), accedí a recogerle para luego tomar algo juntos en La Ferme y, cuando colgué, me di cuenta de que se me había olvidado comentar con Luisa Conti el asunto de la mujer que había llamado preguntando por mí.

Sólo podía tratarse de alguna clienta que no había podido localizarme en la galería. ¿O se escondía alguien distinto detrás? ¿Una mujer que no se quería dar a conocer? ¡De pronto veía fantasmas por todas partes!

Marion me saludó muy contenta con la mano a través del cristal cuando salí otra vez a la calle. Yo le devolví el saludo. A pesar de nuestras pequeñas discusiones me resultaba de algún modo tranquilizador verla tan relajada en la tienda mientras se metía un chicle en la boca.

Pues aunque tenía la sensación de estar perdiendo en parte el control de mi vida —por no hablar de las mujeres, que de pronto parecían surgir de todas las esquinas para hacer de las suyas conmigo—, una cosa estaba muy clara: Marion no era la princesa. Marion era simplemente Marion. Y yo le estaba sumamente agradecido por eso.

Cuando entré en el Duc de Saint-Simon todavía estaba sumido en mis pensamientos y ni de lejos preparado para la grotesca escena que vieron mis sorprendidos ojos. Desconcertado, me quedé parado.

Karl Bittner estaba de rodillas delante del escritorio de la recepción, normalmente vacía de gente; mejor dicho, estaba de rodillas delante de mademoiselle Conti, quien en ese momento se dignó asoltar una sonora carcajada y quitarse las gafas negras durante un rato.

—Espero no molestar. —Debía sonar a broma, pero ni siquiera a mí me pasó desapercibido el tono ligeramente enfadado de mi voz. ¿Qué era eso? ¿Es que estaba celoso de Bittner y la chica de la recepción?

Bittner, todavía a cuatro patas, volvió la cabeza hacia mí sin inmutarse y sonrió.

—En absoluto, amigo mío. No molesta usted nada. Estamos buscando la pluma de mademoiselle Conti.

Por un momento pensé que me he iba a pedir que participara en la alegre búsqueda, pero era evidente que el animado «estamos buscando» no me incluía a mí, y también mademoiselle Conti siguió mirando hacia abajo muy sonriente como si yo no existiera. Había algo en el ambiente, no sabía bien qué era, un olor, una mirada... y por un breve instante sentí que me trasladaba al Hyères de mi infancia.

—Por favor, disculpe que esté aquí tirado por el suelo —dijo Bittner, y metió la mano debajo de la cajonera del escritorio antiguo. Yo volví al presente y solté un suspiro. La situación no podía ser más grotesca. ¡Una lástima que ese tipo echara a perder así todo su *charme!*

Pero Luisa Conti no parecía verlo así. Dio un pequeño grito de alegría y replicó:

—¡Ah, yo no tengo nada contra los hombres que están a mis pies!

—¿Debo volver más tarde? —pregunté.

—¡Aaah, aquí está! —Sin prestar atención a mis palabras, Bittner sacó de debajo de la mesa la pluma de Luisa Conti y se incorporó con un ágil movimiento de pantera antes de entregársela a su dueña con un gesto pomposo.

—*Voilà!*

—*Merci, monsieur Charles!*

¿Monsieur Charles? Irritado, miré a mademoiselle Conti. ¿Me lo estaba imaginando o se había sonrojado levemente?

—Tratándose de usted es siempre un placer. —Bittner hizo una ligera reverencia.

Me pareció que había que poner fin a tanto empalago y carraspeé para hacer notar mi presencia.

Bittner se volvió, y también mademoiselle dirigió un instante su mirada hacia mí. En cualquier caso, se acordaron de que yo estaba allí.

—¿Qué? ¿Nos vamos?

Bittner asintió. Entonces sonó su móvil. Lo sacó del bolsillo de su chaqueta, dijo: «¿Sí?», y escuchó un momento por el auricular antes de taparlo con la mano.

—Discúlpeme un momento, Jean-Luc, voy a tardar un poco —dijo en voz baja, y salió al pequeño patio interior del hotel.

Miré a través de las puertas de cristal blancas y vi que Bittner iba de un lado a otro sin dejar de gesticular.

Luego me volví hacia mademoiselle Conti. Su cara había recuperado el color habitual, estaba sentada en su sillón de cuero tras el escritorio y hojeaba el enorme libro de la recepción como si no hubiera sucedido nada.

—¡Ah, por cierto, mademoiselle Conti!

—*Oui, monsieur Champollion?* ¿Qué puedo hacer por usted? —Se colocó bien las gafas negras y me miró con la amabilidad profesional y severa de una monja que tiene poco tiempo... Y debo decir que no sonó tan amable como el «monsieur Charles» que yo acababa de escuchar.

—Alguien me ha llamado al hotel... una mujer...

Ella levantó las cejas.

—Sí, exacto. Esta mañana llamó una mujer preguntando por usted, pero dijo que no era nada importante y que volvería a llamarle.

Bajó la mirada como si con eso estuviera zanjada la cuestión.

—¿Y cómo se llama esa mujer? —pregunté con interés.

Mademoiselle Conti se encogió de hombros.

—¡Oh, si le digo la verdad, no lo sé. Dijo que volvería a llamarle, a la galería, y yo tenía muchas cosas que hacer. —Guardó silencio un instante y mordisqueó su pluma—. Creo que era americana... una tal June Nosequé.

¡¿June?! ¡¿Había preguntado June Miller por mí?!

Me apoyé en el escritorio. ¡Eso lo cambiaba todo!

—¡Mademoiselle Conti, por favor, haga memoria! Conozco a una americana que se llama Jane Hirstmann. Y conozco a una inglesa que se llama June Miller. Así que... ¿quién ha preguntado por mí, Jane o June?

—¡Hmmm! —Mademoiselle Conti arrugó la frente, luego me miró con gesto desvalido—. June... Jane... suena tan parecido, ¿no cree? —Sonrió con timidez.

—No, en absoluto —gruñí yo—. A no ser que se tenga el cerebro como un colador.

Su sonrisa desapareció. Mademoiselle Conti se pasó la mano por su pelo oscuro y brillante, que llevaba, como siempre, recogido en la nuca. Se tocó nerviosa el *chignon*, como para asegurarse de que cada pelo estaba todavía en su sitio. Casi me dio un poco de lástima. No debía haber dicho eso del colador. Arrepentido, la miré intentando pensar una rápida disculpa cuando ella apoyó sus manos juveniles en la mesa y se incorporó.

—Bien, monsieur. —Mademoiselle Conti miró a través de mí—. Me temo que no puedo serle de más ayuda en este asunto. —Parecía muy ofendida—. Es evidente que debía haber anotado correctamente el nombre de esa tal Jane... o June, pero no sabía que fuera tan importante para usted. —Guardó silencio un instante, luego añadió con frialdad—: En cualquier caso, para la mujer no parecía ser tan importante, ni siquiera me pidió que le diera ningún mensaje. A pesar de todo consideré adecuado informarle a usted de la llamada. Tal vez cometí un error.

Suspiré.

—Por favor, mademoiselle Conti, no quería decir eso. Ha actuado usted correctamente, y no es culpa suya, sin duda. —Pasé la mano por el cuero verde oscuro que recubría el escritorio y pensé en la misteriosa Principessa y en esa «desgraciada historia» que no le pegaba a nadie tanto como a June—. Pero...

—¿Pero...? —Luisa Conti me lanzó una mirada interrogante, y decidí convertirla en mi cómplice.

—Pero es que en este momento sería muy importante para mí saber si ha sido Jane o June la que ha preguntado por mí. No quiero aburrirla con detalles de mi vida privada, pero para mí sería muy importante resolver una cuestión difícil. Algo que no se me va de la cabeza y no me deja dormir... —Abrí los brazos y esperé.

Luisa Conti se quedó callada, parecía pensar si debía aceptar mi intento de hacer las paces. Finalmente dijo:

—¿Conozco a las damas?

—¡Claro que sí! —contesté con alivio—. Jane se ha alojado aquí varias veces, aunque sólo una desde que usted trabaja aquí. Jane Hirstmann es esa americana alta de rizos rojos como el fuego y voz fuerte, una buena clienta mía, ¿se acuerda?

Luisa Conti asintió.

—¿Es la que lo encuentra todo *amazing?*

Yo sonreí.

—¡Esa!

—¿Y June? ¿Es también una buena clienta suya?

—Bueno... eh... no. En realidad, no.

Pensé con tristeza en la bella June y en cómo había acabado todo entre nosotros.

—¿Ha estado alguna vez aquí, en el hotel?

—Bueno, no se ha alojado aquí, pero sí estuvo en el hotel... no hace ni un año, una mañana de marzo, llovía mucho... una joven inglesa temperamental de rizos castaños... —Carraspeé apurado—. Usted estaba aquí, no creo que lo haya olvidado. Hubo... bueno... se montó una escena... platos rotos...

Vi a mademooiselle Conti sonrojarse por segunda vez ese día.

—¡Oh... *aquello!*—se limitó a decir, y supe que no lo había olvidado.

De todas las novias que he tenido, June Miller era la más celosa. No es que a veces no tuviera motivos para ello, pues cuando nos conocimos había todavía otra mujer en mi vida, Hélène.

En realidad nos habíamos separado de forma amistosa. Hélène se había marchado de la noche a la mañana con un arquitecto que resultó ser un hombre genial pero no siempre fácil y de vez en cuando me llamaba, y cada vez que June se enteraba había follón.

—*Fuck!* ¿Qué quiere esa mujer? ¡A ver si te deja en paz de una vez! —gritaba furiosa, y lanzaba mi móvil por el dormitorio.

Existen pocas mujeres que cuando se convierten en unas fieras sigan siendo atractivas. June era una de ellas. Continuaba estando preciosa hasta cuando montaba en cólera. Sus largos rizos castaños le caían por los hombros desnudos y sus ojos verdes brillaban con vigor. Yo la agarraba del brazo y volvía a meterla en la cama.

—¡Ven aquí, mi pequeña gata salvaje, *comme tu es belle,* qué guapa eres! —le susurraba al oído—. Olvídate de Hélène. Es una vieja amiga, nada más. Y tiene problemas con su pareja.

—*So what?* ¿Y a ti qué te importa? ¡Que le cuente sus problemas a una amiga, no a ti! *That's not okay!* —June se cruzaba de brazos con terquedad. Ahora pienso que en parte tenía razón, pero en aquel momento el hecho de que Hélène siguiera confiando en mí alimentaba mi orgullo masculino.

June tenía ojos de lince, no se le escapaba nada, controlaba cada uno de mis pasos con celo. Sobre todo desde que encontró el tique de La Sablia Rosa en mi cartera.

La Sablia Rosa es *la* lencería de París, una pequeña tienda en la Rue Jakob, justo al lado de una de las mejores editoriales de Francia. Si se busca algo especial en materia de lencería, allí se encuentra seguro.

Cuando llevaba dos semanas con June y mi vida transcurría básicamente entre el dormitorio y la galería, una mañana vi un camisón de seda increíble en el escaparate de La Sablia Rosa. Un *petit rien* corto, sin mangas, con delicadas flores, como hecho para un hada de la primavera. En principio quería ese camisón sólo para June y cogí la talla M. Luego me acordé de que iba a ser el cumpleaños de Hélène. La llamé y su voz sonó muy triste. Y entonces me pareció una buena idea comprarle también un camisón a Hélène. Como consuelo, por su cumpleaños, como regalo de despedida por los bellos momentos que habíamos pasado juntos.

A las vendedoras de lencería francesas ya no les sorprende nada. Cuando le dije a la señora de cierta edad que atendía en La Sablia Rosa que quería el camisón en una talla más pequeña, al principio me entendió mal y cogió el de la talla M para volver a colgarlo.

—Si a la dama no le está bien, puede venir a cambiarlo —dijo madame, y se acercó al escaparate para coger el camisón del maniquí.

—*Ah, non, madame, j'ai besoin des deux,* necesitaría los dos —le expliqué apurado—. Una S y una M. Son dos damas... por así decirlo —añadí con una sonrisa estúpida. Ni Woody Allen lo habría hecho mejor.

Madame se giró y sonrió con satisfacción.

—*Mais, monsieur, c'est tout à fait normal,* no hay ningún problema —dijo, envolvió con cuidado los dos camisones en papel de seda y me hizo dos preciosos paquetitos que en un principio entusiasmaron a las agasajadas.

A Hélène, de la emoción, se le saltaron las lágrimas cuando acarició la delicada tela de flores, y dijo: «¡Qué amable de tu parte!».

June soltó un grito de alegría, me dio un beso y enseguida se quitó la ropa para representar el cuento de las estrellas caídas del cielo. Bailó entusiasmada por toda la casa. Pero tres días más tarde el hada de la primavera se transformó en una diosa vengadora.

Para abreviar: a June no le pareció *tout à fait normal* cuando descubrió en mi cartera el tique de compra de dos camisones idénticos en dos tallas diferentes. Y que encima el más pequeño de los dos fuera el destinado a su predecesora me hizo recibir un torrente de insultos y una sonora bofetada.

Debo admitir que el asunto de los dos camisones no fue una buena idea. Al final June me perdonó. El enfado se le pasó con la misma rapidez con que había empezado.

Pero mi *faux-pas* en La Sablia Rosa preparó el terreno para la horrible escena que se montó unos meses más tarde en los salones del Duc de Saint-Simon.

Fue el momento más penoso y absurdo de mi vida, y todavía hoy me siento fatal cuando lo recuerdo.

Y aunque esa vez, lo juro, yo era totalmente inocente, June me abandonó.

Las apariencias jugaban en mi contra. Una tarde había llevado a Jane Hirstmann al Duc después de una cita de trabajo. Estaba muy nerviosa porque su novio (el tipo de dos metros del Medio Oeste que no cabía en las «camitas de los enanitos de Blancanieves», ¿recuerdan?) había regresado a su país antes de tiempo después de una discusión. June se había marchado unos días a Deauville con una amiga de Londres. Le pregunté a Jane si nos tomábamos algo, sin ninguna intención, sólo porque me daba lástima. Ella asintió y se limitó a decir «*Double*», con lo que se refería a un güisqui doble. Después de varios *doubles* la llevé a su habitación. Jane Hirstmann no es el tipo de mujer que llora y se lamenta cuando algo le sale mal en la vida. Pero me pidió que me quedara un rato con ella. Y eso hice.

No pasó nada más.

Me eché un rato a su lado, le cogí la mano y le dije que todo iba a salir bien. Yo me iba a ir a casa en cuanto ella se durmiese. Pero de pronto me sentí terriblemente cansado y los dos nos quedamos dormidos, uno al lado del otro, como si fuéramos hermanos.

Pero a la mañana siguiente, antes de que pudiera abrir los ojos, oí la voz de June.

—*Salaud!* —gritó—. *Cela suffit!* ¡Ya está bien! —Y no, no era una pesadilla. A los pies de la cama *king size* estaba June. Estaba pálida de rabia y nos miraba con odio a mí y a la desconcertada Jane—. ¡No me lo puedo creer! —siguió gritando—. ¡Sencillamente no me lo puedo creer!

Antes de que pudiera abrir la boca para explicárselo, ella me cortó.

—No, ahórrate las explicaciones. No quiero oír nada. ¡Se acabó!

Yo me levanté de un salto. En realidad estaba vestido, pero eso no pareció impresionar a June.

—June, por favor... —Y luego pronuncié la frase más estúpida que dicen los hombres—: Esto no es lo que parece.

Aunque esa vez era verdad.

June soltó un bufido de rabia y se dirigió hacia la puerta, que estaba abierta de par en par.

—¡No ha pasado absolutamente nada!

Descalzo, corrí tras ella escaleras abajo, hasta la recepción.

—Jane es una vieja conocida, anoche no se encontraba bien...

—¿Que Jane no se encontraba bien? —repitió June en un tono peligrosamente bajo, y luego de pronto gritó tan fuerte que su voz retumbó por todo el hotel—: ¡¿QUE JANE NO SE ENCONTRABA BIEN?! ¡*Pobre* Jane! ¿Es otra de tus exnovias a las que tienes que regalarles camisones para consolarlas? ¡¿Esta vez de la talla L?! —Pasó como una exhalación por delante de la recepción, donde mademoiselle Conti estaba sentada detrás de su escritorio con gesto impertérrito.

—June, por favor... tranquilízate... espera...

Conseguí agarrarla del brazo, y entonces me resbalé en el suelo de piedra pulida. Debió de resultar muy ridículo, y en ese momento pagué por todos mis pequeños pecados.

June había llegado al final del quinto acto con un dramatismo propio de Shakespeare.

—*Fuck off!* —Me escupió las palabras antes de salir corriendo bajo la lluvia. Y eso fue lo último que oí decir a June Miller.

Me incorporé como pude y mi mirada se posó sobre mademoiselle Conti, que se había convertido en testigo mudo de mi gran humillación. Para mi indignación, encima noté que me ponía como un tomate. Luisa Conti estaba ahí sentada, con su traje impecable, su peinado impecable, sin hacer ningún gesto. Ella era perfecta, no le pasaban tales cosas, y su impasibilidad propia de Blancanieves me provocó.

—¡No sea tan neutral! —le ladré, y vi con cierta satisfacción que se estremecía. Luego me dirigí a la entrada y me quedé un rato mirando la lluvia sin saber qué hacer.

June se había marchado.

Cuando me volví, observé que mademoiselle Conti no estaba en su escritorio. Todo el hotel parecía de pronto muerto, era como si contuviera la respiración.

Entonces oí pasos en la escalera. Me giré bruscamente porque pensé que era Jane y me choqué con Luisa Conti, que subía del sótano con un montón de platos de porcelana en las manos. Vi a cámara lenta cómo la vajilla caía al suelo y se rompía en mil pedazos.

En esos tiempos se podía comprar en el Duc de Saint-Simon —¡y sólo allí!— la vajilla Eugénie, que se fabricaba en Limoges expresamente para el hotel. Muchos clientes aprovechaban para comprar el valioso *souvenir* decorado en tonos burdeos y dorados.

Me quedé mirando el montón de fragmentos a sus pies como si fuera Hamlet ante la calavera. Aquello era el apoteósico final de una representación horrorosa.

—¡Oh, no! —Mademoiselle Conti contempló perpleja la porcelana rota—. ¡Una vajilla tan cara! —Se agachó y empezó a recoger los trozos a toda prisa—. ¡Dios mío, qué mala suerte! Voy a tener problemas.

Yo desperté de mi letargo.

—Espere, la ayudaré —dije, y me arrodillé a su lado—. Tenga cuidado, los bordes son muy afilados.

Nuestras miradas se cruzaron por un instante mientras recogíamos todo sin hablar. ¿Qué se podía decir?

—Ha sido culpa mía —dije al final abochornado, y miré fijamente el trozo de porcelana bellamente decorado que tenía en la mano. Una y otra vez veía ante mí a June enfurecida, sus palabras resonaban aún en mis oídos. En ese momento me habría gustado que se abriera la tierra y me tragara. Pero me puse de pie e intenté sonreír, pero ni siquiera eso me salió bien.

—¡Bueno, se ve que hoy no es mi día!

Luisa Conti también se había incorporado. Me miró durante unos segundos en silencio, pero sus ojos ocultos tras las gafas oscuras no dejaban ver lo que estaba pensando. Probablemente estuviera enfadada con el idiota que perturbaba la distinguida paz de su hotel. Pero se pasó la mano un par de veces por la falda azul oscuro y dijo:

—Lo siento mucho por usted. —Parecía sincera, pero tal vez sólo sabía controlarse muy bien.

—¡No, no! —Alcé las manos con gesto de rechazo—. Soy yo quien lo siente. Pagaré la vajilla rota, no se preocupe por eso. Lo arreglaré.

Una leve sonrisa cruzó el rostro de mademoiselle, pero yo la había visto. Al menos había hecho algo bien, por insignificante que fuera.

Ese triste día de marzo la bella y celosa June no salió a toda prisa sólo del Duc de Saint-Simon, sino también de mi vida. Mis intentos de volver a conquistarla, al principio suplicantes y amargados, después vagos y sin entusiasmo, fueron en vano.

Miss June se encerró en un silencio glacial.

Poco tiempo después supe, por una amiga, que había regresado a Londres.

Había pasado un año desde entonces. Pero el tiempo no sólo cura las heridas, también nos hace ver el pasado de una forma especial. Llega un momento en que sólo se recuerdan las cosas buenas que se han perdido para siempre.

¿Se habían perdido?

¿Sería posible que June hubiera regresado al sitio donde nuestra historia había terminado de un modo tan abrupto? ¿Habría escrito ella las misteriosas cartas? ¿Me había perdonado por algo que, paradójicamente, yo no había hecho? ¿Había podido más la razón que la rabia? Al fin y al cabo, la autora de las cartas había admitido que también había sido «culpa suya».

Pensativo, le sonreí al cuero verde que cubría el escritorio. En mi próxima carta le iba a hacer a la Principessa un par de preguntas...

—*Jean-Luc... on y va?* ¿Hola? ¿Nos vamos? ¿O mejor pasamos el día en la recepción en compañía de esta encantadora dama?

Noté una mano en el hombro y volví a la realidad. Bittner había acabado su interminable conversación telefónica y era otra vez un seductor.

—En realidad, la encantadora dama no tiene tiempo —replicó mademoiselle Conti con desdén.

Bittner sonrió, y sus ojos marrones se mantuvieron fijos en ella demasiado tiempo.

—Una lástima, una lástima. ¿Tal vez en otra ocasión?

—Tal vez.

—Le tomo la palabra.

¡¿Dios mío, qué era eso?!

Puse los ojos en blanco y esbocé una sonrisa forzada. Por primera vez en mi vida tenía el dudoso placer de ser un «tercero». No era un buen papel. Si dijera que noté que sobraba me quedaría corto, y en ese momento me propuse luchar para que ese desagradecido papel desapareciera para siempre de cualquier guion.

—Creo que deberíamos marcharnos, si no va a cerrar la cocina.

Ni siquiera a mí se me escapó lo pueril de mis palabras, pero tuvieron el efecto deseado. Bittner se dispuso a marcharse con un alegre «¡Hasta esta tarde!» y yo por fin pude preguntar lo que estaba esperando:

—¿Y? —Lancé a mademoiselle Conti una mirada expectante—. ¿Jane o June?

Ella se encogió de hombros.

—En realidad no sabría qué decirle. Fue una conversación muy breve. Pero estoy segura de que sólo pudo ser una de las dos, June o Jane.

June o Jane. ¡Qué más daba! Había un cincuenta por ciento de posibilidades de que tuviera a la Principessa en el anzuelo. El pececito nadaba todavía seguro. Pero pronto lo sacaría del fondo del mar para traerlo a tierra.

8

Por la tarde di un largo paseo con Cézanne.

Cuando avanzaba por uno de los caminos laterales de tierra que discurren bajo los grandes árboles de las Tullerías estaba ya anocheciendo, y noté cómo poco a poco me iba invadiendo la tranquilidad. Respiré la fragancia de las flores de los castaños de Indias, observé a mi perro, que trotaba contento delante de mí, y por un momento tuve la sensación de formar parte de un cuadro de Monet, tan idílico era todo.

Cézanne vino corriendo hasta mí y saltó contento a mi lado. Yo sonreí agradecido. Lo mejor de un perro es que siempre te perdona y nunca está ofendido. Eso lo diferencia de un gato o de casi todas las mujeres.

No me había dejado ver en todo el día, desde el jueves no había podido hablar conmigo casi nadie, y a pesar de todo, cuando hacia las seis llamé por fin al timbre de la casa de madame Vernier, dentro se oyó un alegre ladrido y Cézanne me saludó casi tan efusivo como mi vecina, que se interesó por mi golpe en la cabeza y me preguntó si podía hacer algo más por mí.

Tuve que pensar un poco antes de adivinar a qué se estaba refiriendo. Luego me llevé la mano al bulto de la cabeza haciendo un gesto de rechazo como si fuera un superhéroe.

A la vista de todo lo que había ocurrido *después* de que la mancuerna de madame Vernier me golpeara en la cabeza, esa pequeña lesión carecía de importancia.

En el Café Marly, que está bajo las arcadas del Louvre, se encendieron las luces. Fuera, en la terraza que da al parque, todavía había algunos clientes sentados. Una ligera brisa jugaba con la bandera roja que cuelga ante el muro de arenisca y en la que aparece el nombre del restaurante con caracteres chinos.

Antes me gustaba ir allí. Sobre todo por la tarde, cuando oscurece, resulta mágico ver desde el restaurante las esculturas iluminadas del patio interior del Louvre.

Pero la magia necesita un cierto silencio para ser percibida, y hoy ya no es fácil encontrarlo en el Marly. La música suena demasiado fuerte, se oyen los gritos de los clientes exaltados, y la carta —una curiosa mezcla de cocina franco-italiana-tailandesa-americana en la que destaca la «hamburguesa» (las he comido mejores en las cadenas por todos conocidas, si bien a un precio bastante más bajo y sin descomponer en sus diversas partes *à la nouvelle cuisine)*— no me convence del todo.

¿Eran las consecuencias de la globalización? ¿O se trataba de un guiño inequívoco a los turistas de todo el mundo?

Sea como fuere, al Louvre no parece importarle, la localización del café es única y cuando uno se acerca a él, como hacía yo en ese momento, siente ganas de entrar y formar parte de él.

Sujeté a Cézanne por la correa. Los taxistas que querían cruzar a la otra orilla del Sena pasaban por delante de la pirámide de vidrio traqueteando por el adoquinado y atravesaban las arcadas del Louvre para llegar al Pont du Caroussel. Yo también tomé ese camino.

Esa noche quería irme pronto a la cama, naturalmente no sin antes mirar mi correo para ver si la ocupadísima Principessa me había mandado algún saludo.

Curiosamente, desde que tenía la sospecha de que era June la que se escondía detrás de todo ese asunto me sentía más tranquilo, y esa noche no iba a haber más acontecimientos imprevistos, al menos eso era lo que parecía.

Después de una opulenta comida con Bittner, quien a) quería hacer un calendario con los cuadros de Julien y b) no me dejó tranquilo con su «la-chica-de-la-recepción-es-muy-agradable-y-no-está-nada-mal», cogí el metro para ir a Champs de Mars a ver a Soleil Chabon, tal como le había prometido. Para mi sorpresa, la puerta se abrió al primer timbrazo. Soleil, haciendo honor a su nombre, me recibió con un caftán rojo que llegaba hasta el suelo y una sonrisa radiante. En su diminuta cocina preparó con delicados movimientos un té para los dos, y me dijo que la crisis había pasado, que esa mañana se había levantado muy temprano y había vuelto a pintar.

—¡Pobre! —dijo—. Te he vuelto loco, pero de verdad que creía que ya no iba a ser capaz de pintar nada más. —Sirvió el té y se sentó a mi lado en el enorme sofá gris en el que ya estaba echada Onionette.

Soleil la acarició un par de veces.

—Me alegré mucho de que vinieras —dijo luego como si le estuviera hablando a su gata—. Ha significado mucho para mí.

—Para mí también —dije yo—. Para eso están los amigos.

Estuvimos un rato sentados en el sofá, Soleil, Cebollita y yo, y de pronto me pregunté cuál es la diferencia entre la amistad y el amor y qué papel desempeña el sexo en todo eso.

—¿Todo lo demás está bien? —No quería indagar en su vida privada más de lo necesario.

Soleil volvió la cara hacia mí.

—Sí —contestó, y asintió un par de veces—. Muy, muy bien. —Sonrió, luego se puso de pie de un salto.

—¡Ven, tengo que enseñarte una cosa!

Cruzamos su estudio, pasando por delante de la cama revuelta junto a la que yo había estado la noche anterior como un sonámbulo, y se detuvo delante de su caballete.

—¿Y bien? ¿Qué me dices?

Cogí aire con fuerza. Mi mirada se deslizó por el retrato de una mujer de piel clara con un vestido rojo vino.

Estaba de perfil delante de una cortina rojo oscuro y miraba muy seria una pared en la que había muchos papeles colgados. En la mano izquierda sostenía una copa de vino que en ese momento se estaba llevando a los labios, que todavía estaban cerrados. El vino de la copa era del mismo color que sus labios. Con la mano derecha, dirigida hacia el observador, se tocaba en un gesto casi infantil su abundante pelo de rizos prerrafaelitas recogido en la nuca. Era como si acabara de tomar la decisión de hacer algo. O como si acabara de hacer algo. Estaba decidida, sólo la mano del pelo parecía más tensa. El cuadro era magnífico.

—¡Soleil, es maravilloso! —dije con voz apagada—. ¿Quién es esa mujer?

—Es una mujer que quiere algo y todavía no sabe muy bien cómo conseguirlo —dijo Soleil—. Como yo.

Asentí. Pensé en la Principessa. En June. Y no sólo en June. La mujer del cuadro parecía querer decirme algo. Pero ¿qué?

Cuando media hora más tarde Soleil me acompañó contenta hasta la puerta y me volvió a asegurar que había recuperado la creatividad y que se alegraba mucho de su exposición, vi en su cómoda algo que en un principio pensé que era un cruasán seco. Lo cogí e hice una broma sobre los pobres artistas que no podían comprarse comida. Entonces vi que el supuesto cruasán seco era en realidad una pequeña figura humana hecha con miga de pan.

Y esa figura tenía una aguja clavada en el centro del cuerpo.

—¿Qué diablos es esto?

Soleil me lanzó una enigmática sonrisa.

—Un muñeco de miga de pan —dijo.

—¿Un hombrecillo de pan? —Me reí.

—Sí... vudú. —Con su caftán largo, Soleil parecía una gran sacerdotisa africana. Cogió la figura de pan y la volvió a dejar sobre la cómoda con mucho cuidado—. Ya sabes... tenía problemas sentimentales. Estaba muy mal. Y entonces me acordé de la magia de los muñecos. —Hizo una pausa dramática, y yo intenté en vano reprimir una carcajada.

—¡No, no te rías! Ya verás. —Miró el muñeco de pan con gesto fervoroso—. Le he clavado una aguja en el corazón para que se enamore de mí.

—¡Vaya, Soleil, eres una auténtica brujita, me das miedo! ¿Pero no prefieres buscarte un hombre que te quiera sin tener que recurrir a la magia? —Sonreí—. Seguro que eso no funciona... al menos aquí, en el París de la Ilustración.

Soleil me miró, y sus ojos oscuros centellearon.

—Creo que ya ha funcionado —dijo muy seria y se enrolló un rizo negro entre los dedos.

¡Dios mío, a veces Soleil era tan especial!

—Bueno, entonces ya no puede salir nada mal. Espero estar invitado a la boda. —Abrí la puerta y sacudí la cabeza con incredulidad. ¡Muñecos de pan! ¡De verdad! ¡Qué ingenuo hay que ser, qué enamorado hay que estar para llenar de agujas un trozo de pan con la esperanza de que surta algún efecto!

Bueno, cada uno tiene sus propios rituales cuando se trata de cuestiones amorosas. Unos lanzan sus ruegos al universo, otros prueban con el elixir del amor. Yo soy más bien escéptico.

Cuando iba sentado en el metro atiborrado de gente que cruzaba París a toda velocidad por debajo del suelo y me llevaba de vuelta a casa, me sentí contento de no ser yo el hombrecillo de pan que estaba ahora sobre la cómoda de Soleil con el corazón taladrado. ¡Quién sabe dónde podría clavar la bella sacerdotisa las agujas si el elegido la rechazaba!

Así, pensé con agrado en Soleil, enferma de amor y algo trastornada, sin imaginar que las redes plateadas de Circe también se estrechaban cada vez más alrededor de mi corazón.

No había noticias de la Principessa.

En realidad no me esperaba otra cosa, a pesar de lo cual me sentí algo decepcionado. En cambio había en el contestador un mensaje de Aristide, que me invitaba el jueves a una «pequeña cena entre amigos». No me sorprendió que también hubiera preguntado a Soleil y Julien si querían ir.

Los *jeudis fixes* de Aristide eran siempre muy divertidos y desenfadados, con invitados de todo tipo. Cuando uno llegaba, en principio nunca había nada preparado, pero todos los invitados recibían una copa de vino y un cuchillo y se sentaban a la enorme mesa de la cocina. Hablaban, discutían, gastaban bromas sobre monsieur «Bling Bling», como se llamaba a Nicolas Sarkozy por su gusto por los accesorios caros, mientras pelaban espárragos, patatas o lo que hubiera de cena.

Todos cocinaban juntos, comían juntos, y Aristide siempre hacía alguna breve crítica de los libros recién publicados mientras preparaba su legendaria *tarte tatin* por la vía rápida, es decir, rehogando las manzanas en una sartén con mantequilla y azúcar en lugar de dejar que se caramelizasen lentamente en el horno. Luego echaba la masa dulce y dorada sobre el hojaldre precocinado en un molde blanco.

Al final de tales veladas uno salía con la agradable sensación de que no sólo había comido bien, sino que además era un poco más sabio.

Abrí el frigorífico, unté un trozo de baguette con algo de foie gras que encontré y me serví una copa de vino tinto. Parecía que poco a poco mi vida se iba normalizando.

Cuando me senté delante del ordenador, por un momento me pregunté cómo sería volver a estar con June.

Una idea tentadora, aunque... Vi los ojos de gata de June soltando chispas mientras me preguntaba: «¿Quién es esa Soleil? ¿Y qué hacías por la noche en su dormitorio? Tienes algo con ella, lo sé...».

Sonreí. Los celos son la sal de una relación, pero en exceso pueden llegar a convertirse en un suplicio.

Pero antes de pensar en la hipotética reanudación de viejas relaciones debía tener la certeza de que era realmente June la que quería volver a entrar en mi vida y utilizaba para ello métodos tan poco convencionales.

Pensé qué debía escribir. Luego elegí un asunto que casi tenía todas las cualidades de una contraseña.

Asunto: *La Sablia Rosa*

Bellísima Principessa:

Después de un día lleno de giros sorprendentes —y sobre todo lleno de recuerdos—, su Duc se dirige a usted para desearle una noche placentera.

En realidad no he podido resolver su pequeña adivinanza, aunque me he acercado a la solución por otros caminos, según mi parecer. Y me temo que va a tener que quitarse la máscara, porque la he desenmascarado gracias a una casualidad.

Me escribe que tendría muchas preguntas que hacerme. Yo por mi parte sólo tengo tres preguntas que plantearle, pero estoy seguro de que contestará a todas con un sí.

1. ¿Es posible que el «desafortunado encuentro» que menciona en su primera carta tuviera lugar en un viejo hotel de París que hace honor a mi nombre?

2. ¿Puedo suponer que usted —aunque procede del norte— tiene un temperamento más bien propio de un país del sur y en ocasiones tiende a sentir grandes celos (admito que está usted bellísima cuando se pone furiosa, sea con o sin motivo)?

3. ¿Es posible que en su cómoda haya lencería de La Sablia Rosa que yo le regalé tiempo atrás, cuando cometí un estúpido error, por el que querría disculparme de nuevo desde aquí?

En otras palabras: mañana es domingo, yo no tengo que trabajar, y SI ERES TÚ, JUNE, me gustaría mucho poder invitarte a comer en Le Petit Zinc, tu restaurante favorito. Creo que tenemos muchas cosas que contarnos.

¡POR FAVOR, DI SÍ!

Tu Jean-Luc

Había empezado a tutearla a mitad de la carta, había dejado el siglo XVIII para regresar al XXI. Y sentía más que curiosidad por saber qué iba a ocurrir.

Me quedé mirando fijamente la pantalla unos minutos con la absurda esperanza de que la Principessa contestara de inmediato. Pero, naturalmente, se tomó su tiempo.

Así que apagué el ordenador, le di las buenas noches a Cézanne, que me contestó moviendo el rabo un par de veces medio dormido, y me fui a la cama.

Era poco antes de las once, mañana sería otro día, me vendría bien dormir un poco. Cerré los ojos y vi a June sentada en Le Petit Zinc delante de una columna modernista pintada de verde claro, levantando su copa y con una sonrisa en los labios.

Dos horas más tarde volvía a encender la lámpara de la mesilla soltando un suspiro. No iba a ser tan fácil dormir plácidamente.

Todo estaba en silencio, pero era evidente que los últimos días habían alterado mi ritmo normal de sueño. Había dado como ciento treinta y cinco vueltas en la cama para encontrar la postura más cómoda. Había arreglado varias veces la almohada y había soltado un par de fuertes bostezos para autosugestionarme. Había deletreado al revés la palabra Checoslovaquia, como hacía el marido de Claudette Colbert en la vieja película *La octava mujer de Barba Azul* (una escena que siempre me había parecido divertidísima), pero no sirvió de nada.

Naturalmente, ya había pasado antes más de una noche sin dormir —en los mejores casos el motivo era una presencia femenina—, y después uno duerme como un tronco y se despierta lleno de energía. Las noches sin dormir sin sexo, en cambio, no eran algo que cualquier hombre desearía.

Estaba muerto de cansancio, pero mi cerebro no se tranquilizaba. Algunos neurotransmisores hiperactivos saltaban de sinapsis en sinapsis y me hacían ver miles de nuevas imágenes.

Imágenes de mujeres.

Mujeres que había conocido. Mujeres que me habría gustado conocer. Iban surgiendo de la oscuridad una tras otra y bailaban ante mis narices, ¡incluso Soleil con su hombre de pan!

Me levanté. Si de todas formas iba a seguir despierto, podía ver si había llegado alguna respuesta a mi ordenador.

Era poco antes de la una, todo el mundo parecía dormir, y la bandeja de entrada de mi correo estaba vacía. Miré hacia el recibidor. Cézanne estaba en su cesta, las patas traseras le temblaban de vez en cuando y gruñía muy bajito. También él estaba durmiendo, posiblemente estuviera persiguiendo un gato en sueños.

Aburrido, fui a la cocina, saqué del armario los últimos restos de baguette y vacié el frasco de foie gras. El hecho de masticar me resultó en cierto modo tranquilizador.

Algunos de mis amigos dicen que cuando no se puede dormir hay que comer algo. Sé que Aristide se levanta casi todas las noches y se corta un buen trozo de un *rolle chèvre* que siempre tiene en la despensa. Me pareció que el foie gras era tan bueno como el queso de cabra.

Me metí el último trozo de baguette en la boca, lo tragué con la ayuda de un buen trago de vino tinto y volví al dormitorio. Seguro que ahora podría dormir. ¡Por fin!

Cinco minutos más tarde me levanté soltando tacos porque notaba presión en la vejiga y no me podía aguantar. Era demasiado joven para tener problemas de próstata. Vi en el espejo a un hombre pálido con el pelo rubio ceniza al que yo personalmente no habría considerado ya joven.

Volví al dormitorio tambaleándome. Todo llegaba a su fin. La vida, yo mismo... pero también aquella maldita noche.

Me tiré sobre la cama y probé una nueva táctica.

De acuerdo, no me iba a dormir. Había oído que uno también descansa si simplemente se tumba y cierra los ojos. «Sin estrés, Jean-Luc —me ordené a mí mismo—, tranquilo, muuuuy relajado».

Relajadorelajadorelajado. Respiré con el abdomen. Relajadorelajadorelajado...

En algún momento me quedé dormido.

Entonces noté que de pronto Soleil se arrodillaba sobre mí con su caftán rojo y me clavaba agujas del tamaño de *mikados* en el pecho.

—¡No te escaparás, hombrecillo de pan! —murmuró—. ¡No te escaparás...! —Sus rizos negros se enrollaban en su cuerpo como si fuera la Medusa.

Grité como si fuera Drácula antes de que le clavaran la estaca en el corazón.

—¡Soleil, no, qué estás haciendo!

—¿Sabes ya quién es la Principessa, lo sabes? —dijo Soleil con un silbido, y su boca pintada del color de la sangre mostró una amplia sonrisa—. ¡Ya sé cómo conseguirte! —Sus grandes dientes blancos quedaron suspendidos a pocos centímetros de mi cuello, y notaba el peso de su cuerpo como si fuera de plomo.

—¡No, Soleil, no lo hagas! —El pánico se apoderó de mí.

Haciendo un esfuerzo sobrehumano la empujé y me incorporé. Muerto de miedo, me llevé la mano al pecho. El corazón me latía desbocado, pero no toqué ninguna aguja. ¡Qué alivio!

Aturdido, encendí la lámpara de la mesilla.

¡Menuda pesadilla!

Prometí no volver a tomar foie gras por la noche, diga lo que diga Aristide.

Eran las seis, en la ventana gorjeaba un pájaro, era una alondra, no un ruiseñor. Fui al cuarto de estar y me senté en mi escritorio. Abrí mi portátil muy despacio, como si fuera el cofre del tesoro. Esta vez tenía tres mensajes nuevos.

Y uno era de la Principessa.

Estaba impaciente por abrir el mensaje, pero al leer el asunto me quedé muy sorprendido.

Asunto: *El Enano Saltarín*

Me temí que eso no significaba nada bueno. Bueno en el sentido de «el enigma está resuelto». A pesar de todo, en esa carta la Principessa cometió un error. Dio una información, y esa información me proporcionó una idea.

Aunque al principio, como es fácil imaginar, la carta supuso para mí una gran decepción. Ahora sé que —como en las buenas novelas policíacas— la primera solución de un misterio no es necesariamente la mejor, pero me había creído tan cerca del final y ahora todo cambiaba tanto otra vez...

En cualquier caso, podía borrar a June de la lista de sospechosos, eso lo tuve meridianamente claro ya después de la primera frase.

Querido Duc:

Ha sido realmente un buen intento el que ha acometido para descubrir a la Principessa, pero me temo que anda equivocado. Y ahora, igual que el Enano Saltarín le dice a la hija del rey, yo también le contesto a usted con satisfacción: «No, no, no, ese no es mi nombre».

Es posible que me sienta un poquitín celosa —con un hombre como usted es algo normal—, y de hecho tengo lencería preciosa que ha sido adquirida en La Sablia Rosa, pero usted, mon chevalier, *no me ha regalado ni me ha visto puesta (lo que supongo que es una lástima para usted) esa delicada ropa interior que enseña más de lo que esconde.*

Y ahí acaban las coincidencias con la dama por usted mencionada.

No soy June.

Dejémoslo de momento en la Principessa.

Conozco bien Le Petit Zinc, si bien no es mi restaurante preferido, pero por desgracia debo declinar su insistente invitación (que me ha gustado mucho a pesar de que en realidad no iba dirigida a mí, sino a la dama por la que usted erróneamente me ha tomado) con una negativa.

Compartir una comida con usted resulta tentador, aunque de momento me parece algo prematuro, y aunque fuera de otra manera, tampoco podría aceptar, ya que mañana debo llevar a una querida amiga al tren. Se marcha a Niza, y siguiendo una vieja y buena tradición, antes tomaremos algo en Le Train Bleu.

Por tanto, mi bienestar corporal está atendido, y confío en que el suyo también.

He dormido estupendamente, me he despertado temprano, le agradezco de corazón su saludo nocturno que, como podrá apreciar con facilidad, acabo de recibir y le deseo que pase un domingo agradable.

Creo que pronto oiremos hablar el uno del otro.

Su Principessa

P.D.: ¿Está muy decepcionado porque no soy June? Es muy bonito mantener correspondencia con usted, y sólo deseo una cosa: que continúe.

Me quedé mirando la posdata. ¿Estaba decepcionado?

Claro que estaba decepcionado, pero si escuchaba en mi interior mi decepción no se debía necesariamente a que June no fuera la Principessa. Se parecía más bien a lo que siente el cazador cuando yerra el disparo. Debo admitir que me habría gustado desvelar la identidad de la Principessa, verla capitular ante mi sagacidad, y me irritaba sobremanera que esa pequeña arrogante me tuviera en vilo. ¿Por qué no me decía de una vez quién era? ¿Qué quería de mí? Me habría gustado dejarla con la incertidumbre de su última pregunta.

Pero su posdata me conmovió. Dejaba ver cierta inseguridad, incluso miedo. No había escrito: «Espero que no esté usted demasiado decepcionado porque no soy June». O: «Espero que la decepción que siente porque no soy June se mantenga dentro de unos límites soportables». No, su pregunta era simple y sincera... y sin ese leve tono irónico que siempre resonaba en sus cartas.

... y sólo deseo una cosa: que continúe.

No podía dejar esa frase sin contestar, era sencillamente demasiado bella. Así que le volví a escribir.

Asunto: *¡Decepcionado!*

¡Claro que estoy decepcionado!

Enseguida me he sentido decepcionado porque usted ha rechazado por segunda vez mi invitación a comer.

Estoy terriblemente decepcionado porque me ha privado de la contemplación de su seductora ropa interior (y celoso del hombre que se la ha regalado y ante el que usted, según debo suponer, se habrá mostrado en esa vestimenta que apenas se puede considerar tal).

A diferencia de usted, yo he pasado toda la noche sin dormir, y usted, estimada señora, es en parte culpable de ello.

Como castigo debe indicarme ahora mismo el restaurante en el que más le gusta comer, pues en algún momento (¡muy pronto!) tendrá que cenar allí conmigo, supongo que estará de acuerdo.

Aun cuando usted desea que nuestra correspondencia continúe, esto no puede prolongarse para siempre.

Yo por mi parte también deseo que continúe... más allá de las cartas y las insinuaciones, más allá de las adivinanzas y de las palabras bonitas, más allá de lo que su imaginación tal vez permita... en otras palabras: ¡muy, muy lejos!

Por el momento sólo puedo acompañarla en mis pensamientos a su encuentro con su amiga, desearle bon appétit *y esperar su próximo* billet-doux *(ya ve que practico la paciencia aun cuando me resulta muy difícil).*

¡Cuídese!

Su Duc

P.D.: No debe preocuparse en absoluto por June, en todo caso debe hacerlo por el Enano Saltarín. ¿O es que ha olvidado cómo termina el cuento?

Espero que no se destruya a sí misma a causa de la rabia cuando yo descubra finalmente su nombre. ¡Tiene que prometérmelo!

Cuando envié el mensaje me sentía muy animado. Pues mientras lo escribía había urdido un plan.

No iba a acompañar a la Principessa en su comida sólo con mis pensamientos, no, iba a ir a la Gare de Lyon para verla en Le Train Bleu, el restaurante de la estación.

Estaba seguro de poder reconocerla, ya que, como según ella misma me había asegurado, yo ya la había visto en alguna ocasión. En otras palabras: si a mediodía descubría en Le Train Bleu a una mujer que conocía y que estaba comiendo allí en compañía de otra mujer sabría por fin quién era la Principessa.

¡Era genial! ¡Me habría puesto a aplaudir de alegría! Al final se descubre todo... sólo hay que tener paciencia y observar bien.

Cuando iba a paso ligero con Cézanne por el Boulevard Saint-Germain para coger el metro en dirección a la Gare de Lyon, sonó mi móvil. Me lo llevé a la oreja y oí una voz infantil que cantaba de fondo antes de que Bruno empezara a hablar.

—*Comment ça va?* Bueno, ¿cómo te va? —preguntó.

—Estupendamente —contesté—. He dormido poco las últimas noches, pero por lo demás...

—Suena bien. Y... ¿qué hace esa misteriosa mujer?

—No te lo vas a creer, pero en este momento voy hacia Le Train Bleu...

—¿A Le Train Bleu? ¿Ese restaurante para turistas? ¿Qué vas a hacer allí?

—¡Voy a ver a la mujer misteriosa!

Bruno soltó un silbido.

—¡Enhorabuena, amigo! ¡Sí que ha sido rápido! Y... ¿quién es por fin?

Tiré de la correa de Cézanne para alejarlo de una columna de anuncios en la que quería hacer su pipí.

—Bueno, todavía no lo sé.

—¡Oh! —Bruno pareció confuso por un instante, luego añadió—: ¡Ooooh! ¿Es que tienes una cita a ciegas?

—No exactamente. Más bien juego a ser Hércules Poirot.

Le conté a Bruno en pocas palabras lo que había pasado desde nuestra conversación en La Palette. Y me di cuenta de que habían ocurrido muchas cosas. La excursión a los contenedores de basura y mi encuentro con la mancuerna de madame Vernier, mi visita nocturna a Soleil, la mujer que había preguntado por mí en el Duc, mi sospecha de que June había vuelto, las cartas que habían ido de un lado para otro, la pesadilla de la figura de pan... y mi grandiosa idea de sorprender a la Principessa en la estación.

—Da gracias de que no sea June —dijo Bruno con sequedad—. La cosa no habría funcionado entre vosotros. Acuérdate de que siempre estabais discutiendo.

—Bueno, sí —protesté—. June era un poco fogosa.

—Más bien un volcán, si me lo permites. ¡Siempre con sus explosiones y un peligro para la vida!

Sonreí.

—Tampoco era para tanto. Bruno, voy a entrar en el metro, luego te llamo.

Ya iba a retirarme el móvil de la oreja cuando todavía oí que Bruno decía algo.

—¡¿Qué?! —grité ya por las escaleras.

—¡Que me apuesto una botella de champán a que es esa pintora! —gritó Bruno.

—¿Quién? ¿Soleil? Está enamorada de un idiota que no se merece.

—¿Y si ese idiota eres tú?

—¡Qué tonterías dices, Bruno! Soleil es como una hermana para mí —dije impaciente—. Además, todo esto no le pega nada. No escribe cartas de otros tiempos. Hace hombrecitos de pan y practica el vudú.

—*Y* tú has estado por la noche en su dormitorio, *y* ella estaba desnuda, *y* no se sintió incómoda, *y* al día siguiente de pronto se le había pasado la crisis, *y* dice que la magia ha funcionado —enumeró Bruno.

—*Y* tú vuelves a ver fantasmas —repliqué.

—¿Qué apostamos? —Bruno insistía en mantener su nueva teoría.

—Está bien, si quieres pagar una botella de champán... —Me reí. Bruno también se rio.

—Ya veremos —dijo.

9

La Gare de Lyon es la única estación de París en la que hay palmeras de verdad en los andenes. Palmeras de gran tamaño, un poco polvorientas, no demasiado vistosas —se nota la falta de sol—, pero a pesar de todo un tímido anuncio del sur. Pues de la Gare de Lyon parten los trenes que van al sur de Francia y al Mediterráneo.

Además, en la primera planta de la Gare de Lyon se encuentra el más bello restaurante de estación del mundo: Le Train Bleu.

Llamado así por el legendario Tren Azul que circuló entre París y la Costa Azul hasta los años sesenta, su gigantesca sala de casi doce metros de altura, con las suntuosas pinturas del techo que representan las distintas etapas de un viaje a la costa mediterránea, las lámparas y los adornos dorados, las estatuas y las enormes ventanas redondeadas que permiten ver las vías, respira el espíritu de la Belle Époque. Una época en la que no se hablaba de turistas, sino de viajeros, cuando el mundo era inmensamente grande y uno se acercaba a su destino rodando con tranquilidad, viendo pasar los paisajes cambiantes, y en la que había una relación entre la distancia y el tiempo que se empleaba en recorrerla, no como ahora, cuando se puede volar a casi cualquier capital del mundo en un fin de semana, un dudoso triunfo sobre el tiempo y el espacio, ya que el cuerpo y el espíritu necesitan adaptarse.

Yo no iba allí con frecuencia, en realidad sólo cuando tenía invitados que habían oído hablar del famoso Le Train Bleu. Entonces los llevaba para que lo conocieran y me pedía mi *chateaubriand* con salsa bearnesa, un plato algo pasado de moda que en los restaurantes posmodernos de París ya apenas se encuentra en la carta y que en Le Train Bleu preparan muy bien.

Pero cada vez que entraba en la enorme sala me sentía impresionado por la elegancia y la belleza que reinan en ella. Observaba las pinturas murales, en las que se pueden ver las pirámides, el viejo puerto de Marsella, el teatro de Orange o el Mont Blanc, y pensaba con pena y cierta nostalgia en el increíble y ya desaparecido lujo de los viajes de otros tiempos, tan diferentes de lo que hoy llamamos «vacaciones».

Tempi passati! El gran reloj redondo que cuelga al fondo del restaurante marcaba las doce y cuarto, y un ruido de voces ensordecedor, anacrónico, llenaba la gran sala.

Un grupo grande de turistas ocupaba las filas de bancos de cuero marrón oscuro, entre los que estaban las mesas de manteles blancos, y se lanzaban sobre el menú de mediodía que los camareros vestidos de negro les servían en enormes bandejas de plata. Era un grupo de holandeses bien alimentados y de buen humor, cuya actitud contrastaba con la plácida distinción que reinaba en el resto de la sala: gritaban, gesticulaban con los tenedores en el aire, se hacían fotos, volcaban alguna que otra copa de vino, y soltaron sonoras carcajadas cuando alguien hizo un brindis.

Fascinado, me quedé mirando el conglomerado de bocas que se abrían, cabezas que asentían y brazos que gesticulaban. Todos parecían unirse en una única molécula vibrante. Llevaban la clásica ropa de los turistas de todo el mundo: camisetas sin mangas, pantalones cortos y zapatillas de deporte Goretex que respiran y tienen triple suela reforzada. Estaban disfrutando mucho, pero aquello ya no tenía nada que ver con la elegancia de los viajeros.

Cézanne soltó algunos gemidos, dejó la lengua colgando, y yo acorté un poco la correa antes de que se lanzara a la pierna semidesnuda de algún holandés. Cézanne adora la piel desnuda.

Recorrí las distintas salas siguiendo la larga alfombra roja y observando las mesas a derecha e izquierda en busca de un rostro que me resultara conocido. Tal vez fuera demasiado pronto. Ningún francés que se precie está comiendo a las doce del mediodía.

La parte posterior del restaurante estaba más tranquila. Allí había muy pocas mesas ocupadas. Retrocedí sobre mis pasos hasta llegar al bar que da a las salas principales. Me senté en una de las mesas bajas y pedí un Martini para mí y un cuenco con agua para Cézanne. Y esperé.

¿Vendría la Principessa?

Nervioso, di un trago y observé a dos hombres que estaban sentados a la mesa que había a mi lado disfrutando de un desayuno tardío. Aunque por la mañana yo sólo había tomado un café, no tenía nada de hambre.

Intenté imaginar que ya estaba delante de la Principessa y le decía algo, pero no es fácil imaginar algo cuando no se tiene ni idea de qué aspecto tiene la persona con la que pretendes hablar.

Me acordé entonces de las palabras de Bruno. Tuve que pensar en la mirada que me había lanzado Soleil cuando dijo «Creo que ya ha funcionado» y, nervioso, me mordisqueé el labio inferior. Por un momento vi ante mí a Soleil dormida, echada sobre las sábanas blancas, en toda su belleza, y de pronto me sentí extrañamente bien.

¿No había dicho la Principessa en una de sus cartas que había soñado conmigo y que por la noche yo estaba delante de su cama? Me recliné en el respaldo del sillón de cuero y me quedé mirando al vacío. ¿Podría ser? ¿Tenía razón Bruno y era Soleil la que iba a parecer de un momento a otro?

En cualquier caso, yo tenía la sensación de que cada vez era menos capaz de pensar con claridad. Por mí la

Principessa podía ser también madame Vernier o la cajera de la sección de alimentación de Monoprix —aunque no habría sido esta mi primera elección—, pero todo era mejor que aquella incertidumbre. En realidad, cada mujer tenía su propio encanto.

Me puse de pie, saqué algunas monedas y las dejé sobre la mesa. Luego le hice una seña a Cézanne y volvimos a dar una vuelta por el restaurante.

El grupo de holandeses había desaparecido. Sólo quedaban algunas mesas ocupadas, y un suave murmullo llenaba de forma agradable el ambiente.

Miré hacia la entrada, donde una familia se encontraba ante la mesa con el libro de reservas abierto mientras la recepcionista les adjudicaba una mesa.

—*Est-ce que je peux vous aider, monsieur?* ¿Puedo ayudarle en algo, señor? —Un camarero que sujetaba en la mano una bandeja con una jarra de agua y dos copas apareció en mi campo visual y me miró con gesto interrogante.

Yo sacudí la cabeza.

—No, no, sólo estoy buscando a una dama con la que he quedado.

Avancé unos pasos más, pero el camarero me siguió como si fuera mi sombra.

—¿Ha reservado una mesa, monsieur?

Volví a sacudir la cabeza, confiando en que el hombre de negro me dejara de una vez en paz.

—¿Quiere dejar ya su abrigo en el guardarropa, monsieur?

Me detuve de forma tan brusca que el camarero tropezó conmigo. La jarra no aguantó el frenazo y él perdió el equilibrio. Noté algo húmedo en la espalda.

—¡Oh, Dios mío, disculpe, monsieur! —Con un rápido movimiento el camarero dejó a un lado la bandeja y sacó una servilleta de tela con la que empezó a limpiarme nerviosamente el abrigo—. ¡Gracias a Dios era sólo agua! *Mon Dieu, mon Dieu!* ¿No prefiere quitarse el abrigo, monsieur?

Me giré y le lancé una mirada de odio. ¡Si volvía a decir «monsieur» le iba a retorcer el cuello!

—Me quedo con el abrigo puesto —gruñí, y metí las manos en los bolsillos de mi *trench* con decisión—. Y ahora, si me disculpa, *por favor*. ¡Tengo cosas que hacer!

Di un par de pasos, miré alrededor y comprobé con satisfacción que el camarero, muy sorprendido, se había quedado parado. Sus ojos habían adquirido una expresión de desconfianza. Probablemente me había tomado por un desastrado detective privado que espiaba a esposas infieles, y yo casi empezaba a sentirme así.

El reloj marcaba la una y cinco. ¿Dónde estaba la maldita Principessa?

Volví a inspeccionar las mesas para ver si veía a alguna mujer conocida. Y entonces yo también me detuve muy sorprendido. ¡No me podía creer lo que estaba viendo!

Dos mujeres se habían sentado a una mesa bajo el reloj de la estación. Una era una joven con vaqueros y el pelo rubio recogido en una coleta —esta se movió alegremente cuando cogió la carta—. La otra era una pelirroja llamativamente voluminosa y con unos enormes pendientes de aro dorados.

Era Jane Hirstmann, y me hacía señas con gran entusiasmo.

Yo no suelo rezar a menudo. Sólo cuando tengo un problema realmente grande me acuerdo de que es posible que haya un Dios que puede evitar lo peor cuando se le pide con insistencia.

Cuando vi a Jane haciéndome señas tan contenta me volví a acordar del Padre celestial.

«¡Buen Dios, por favor! —recé para mis adentros—. ¡Que no sea Jane! ¡Por favor, haz que no sea Jane la que ha escrito esas maravillosas cartas! ¡No es posible! No puede ser, pues si no...».

Bien, ¿qué pasaba si no?

Si no, se derrumbaría todo el bello castillo de fantasías que había construido en torno a la misteriosa Principessa, una mujer muy especial, una Circe seductora que era tan fascinante como erótica, inteligente y perspicaz, y que estaba perdidamente enamorada de mí.

Pero era Jane la que estaba sentada en Le Train Bleu, a mediodía, en compañía de una amiga que podría ser su hija. ¡Era inconcebible! Decepcionado, mi corazón se encogió como un globo que pierde de golpe todo el aire.

—¡Jean-Luc! —gritó Jane sin dejar de hacerme señas—. ¡Yuju, Jean-Luc! —Su cara tenía una expresión radiante—. *How are you?!*

Yo asentí angustiado y me acerqué lentamente a la mesa.

—Hola... Jane. —Se me encogió el estómago, pero conseguí lanzar una sonrisa forzada—. ¡Menuda sorpresa! No... no sabía que estaba usted en París.

—Sí, ha sido una decisión repentina —dijo, y sonrió—. Pensaba llamarle. *So good to see you, my friend!*

Se puso de pie y me estampó un sonoro beso en la mejilla. Yo me estremecí, pero ella no lo notó.

—Por favor, siéntese y coma con nosotras. Ayer llamé al Saint-Simon y pregunté por usted, porque no pude localizarle en la galería. Mi estúpido *mobile* no funciona, ¡han desaparecido todos los números! Pero fíjese, ¡ha salido bien! ¡Yo lo llamo «transmisión de pensamiento»! —Me miró muy contenta—. Y bien, ¿qué hace *usted* aquí, Jean-Luc?

¿Me lo imaginé o me había guiñado un ojo?

—¿Yo...? Bueno, yo... eh... —tartamudeé con insistencia—. En realidad estaba buscando a alguien...

—Pues ya puede dejar de buscar, pues nos ha encontrado a nosotras, *darling*, jajaja. —Jane se rio de su propio chiste.

¿Era un chiste?

—Esta es mi sobrina Janet. Estudia historia del arte. —Jane señaló a la joven que estaba a su lado—. Janet, este es Jean-Luc, del que te he hablado tanto. Tienes que ver su galería sin falta. *Amazing, just amazing!* Te gustarán los cuadros.

Janet me tendió la mano con una sonrisa.

—¡De eso estoy segura! El galerista también me gusta —dijo con naturalidad.

Yo sonreí abrumado. Todavía me encontraba dentro de mi propia película.

—¡Janet, no pongas a Jean-Luc en un apuro! —dijo Jane—. Mi sobrina es siempre así de directa —añadió dirigiéndose a mí.

—¿Su sobrina? —repetí yo como un idiota.

Jane asintió con orgullo.

—Sí, mi sobrina. Es la primera vez que Janet viene a Europa, llegamos hace dos días. Hemos alquilado un apartamento precioso en el Marais y le estoy enseñando los encantos de París.

—¿Así que no se va en tren? ¿A Niza? —insistí.

Jane me miró sin entender nada.

—Pues no, Jean-Luc, ¿por qué dice eso? —Sacudió sus rizos rojos—. Sólo vamos a comer mientras admiramos un poco el restaurante, no vamos a coger ningún tren.

—Eh... bueno... ¡este sitio es precioso! —exclamé con alivio. Luego sonreí lleno de felicidad. ¡La buena de Jane! Me caía bien—. ¡Qué magnífica idea!

Debí de parecer un poco chiflado, porque Jane intercambió una mirada de asombro con su sobrina como queriendo decir: «Normalmente no es así».

Luego me tendió la carta y preguntó:

—¿Va todo bien, Jean-Luc?

Yo asentí, y di gracias a Dios por haber escuchado mi súplica. Respiré profundamente, suspiré sonriendo y miré alrededor ya más relajado.

Ante mí estaba sentada Jane, que era simplemente Jane y nada más. Estaba con su sobrina, que no era su amiga y no quería coger ningún tren a Niza. El mundo volvía a estar en orden, la Principessa no había aparecido y yo tenía de pronto un hambre canina.

—¿Por qué no viene con su sobrina a la inauguración de nuestra exposición el 8 de junio, me gustaría mucho que asistiera? —Mastiqué un trozo de mi *steak au poivre* y pinché un par de patatas fritas finas y alargadas con el tenedor.

—¡Oh, sí, Jane, tenemos que ir! —exclamó Janet entusiasmada—. Ese día estaremos todavía en París, ¿no?

Jane sonrió satisfecha ante el entusiasmo de su sobrina.

—Creo que se podrá arreglar. ¿Quién expone?

—Una artista muy interesante que se ha criado en las islas de las Indias Occidentales, Soleil Chabon, ya expuso hace dos años en la Galerie du Sud. Y esta vez hemos pensado algo muy especial, una pequeña presentación en los salones del Duc de Saint-Simon, que podríamos alquilar para la ocasión.

—¡Eso suena fantástico! *What a very special place*.

Nuestras miradas se cruzaron por un instante, y tuve la certeza de que Jane pensó en aquella mañana en el Saint-Simon en que June apareció de pronto gritando delante de su cama. Jane sonrió y tomó un sorbo del vino blanco de su copa.

—Siempre me ha gustado hospedarme allí, se tiene la sensación de estar en otro siglo —le dijo a Janet—. Te gustará.

En otro siglo... Mientras Jane describía el hotel a su sobrina, yo empecé a pensar en otras cosas. Mi pequeña amiga de otro siglo no había venido, o al menos yo no la había visto. Pensativo, dirigí la vista hacia la enorme ventana ante la que estábamos sentados y miré hacia abajo, a las vías. En el andén 3 un tren esperaba su salida. Los últimos viajeros subían a él con sus maletas, un hombre abrazaba a una mujer, manos que se agitaban decían adiós. La nostalgia flotaba como una pequeña nube blanca sobre el andén.

¿Hay alguna imagen que describa mejor las despedidas que un tren que va a partir? Dejé vagar mi mirada hasta el final del andén y me reí de mi repentino ataque de filosofía. A diferencia de los aeropuertos, las estaciones de tren siempre me ponen un poco sentimental.

Y entonces, poco antes de que por fin saliera el tren del andén 3, vi al fondo a dos mujeres que estaban de pie junto a su equipaje. Una tenía una melena oscura que le llegaba por los hombros y llevaba un veraniego vestido rojo que el viento movía alrededor de sus esbeltas piernas. La otra estaba de espaldas a mí. Llevaba un traje de chaqueta de color claro. Y el pelo liso y rubio le llegaba casi hasta la cintura. Se giró un poco hacia un lado, le dijo algo a su amiga, y un rayo de sol deslumbrante acarició por un instante su silueta juvenil. La luz se confundió con su pelo sedoso y pareció atravesarla, y yo me quedé sin respiración.

El tiempo se detuvo. No, fue hacia atrás, voló hacia el mar azul, a través de años, meses y días, hasta llegar a ese momento del verano en que un estúpido quinceañero se enamoró de la chica más guapa de la clase.

Miré fijamente el andén, mi corazón empezó a palpitar, luego se cortó la imagen. Indignado, sacudí la cabeza.

Un empleado pasó por delante de las dos mujeres y ayudó a un señor mayor a subir su equipaje al tren. Ellas se apartaron a un lado. Entonces sonó la señal, las puertas se cerraron automáticamente, y el tren se puso en movimiento.

Las dos mujeres habían desaparecido como si nunca hubieran existido.

Pero yo estaba seguro de que durante una décima de segundo había visto a Lucille.

—¿Verdad, Jean-Luc? ¿Jean-Luc? ¿Qué le pasa? Parece que ha visto un fantasma.

Jane me miró con gesto interrogante. ¿Cuánto tiempo había estado mirando por la ventana? Daba igual.

—*Pardon*. —Dejé la servilleta junto al plato y me levanté a toda prisa—. Perdón. ¿Me disculparían un momento? Enseguida vuelvo. He... tengo que... había alguien en el andén... ¡Enseguida vuelvo! —Sonreí, y me sentí un poco estúpido.

Me dirigí hacia la puerta a toda prisa ante la sorprendida mirada de Jane y Janet. Cézanne, que había estado esperando pacientemente debajo de la mesa, me siguió, soltando alegres ladridos y arrastrando la correa por el suelo.

La cogí a la carrera y me lancé por las escaleras del restaurante con mi perro. Cézanne olisqueó brevemente una de las dos pequeñas palmeras sujetas con una cadena que había en unos tiestos de terracota al pie de la escalera.

—¡Cézanne, vamos! —grité, tirando impaciente de la correa. Cézanne dio un salto y soltó un gemido. El estúpido perro se había enganchado en la cadena, y ya podía tirar yo de la correa todo lo que quisiera que así no iba a salir de allí nunca.

—¡Quédate aquí sentado, Cézanne! ¡Siéntate! ¿Me oyes?

Cézanne lloriqueó y se sentó bajo la palmera.

—Enseguida vuelvo. ¡Siéntate!

Me abrí paso entre la gente que tiraba de su maleta y parecía tener todo el tiempo del mundo. Yo no tenía tiempo. ¡Tenía que alcanzar a la Principessa!

Al llegar al andén 3 me detuve de golpe y miré alrededor. A la izquierda, a la derecha, de frente... ¿Dónde estaba la mujer del pelo de hada que tanto me había recordado a Lucille?

Recorrí de nuevo todo el andén, observé los demás andenes y, decepcionado, decidí volver.

Una mujer mayor sin equipaje venía hacia mí, y sus ojos azul claro me miraron con compasión.

—*Vous êtes trop tard,* llega usted tarde, joven, el tren de Niza ya ha salido —dijo sacudiendo la cabeza—. Acabo de dejar en él a mi hija.

Apreté los labios y asentí con amargura. *Trop tard!*

Era verdad que había llegado demasiado tarde. Y de nuevo estaba allí, con las manos vacías y un montón de preguntas.

¿Podría ser Lucille la mujer que acababa de ver? ¿Qué probabilidad había de que una chica le declare, con treinta años de retraso, su amor a un chico al que en su momento rechazó y al que ahora manda cartas de princesas?

Antes criarían pelo las ranas.

Lo único que estaba claro ese domingo era que a mediodía había salido un tren con destino a Niza.

Y que las averiguaciones de Hércules Poirot en el caso Principessa no habían llegado muy lejos.

Si Hércules Poirot hubiera prestado más atención habría visto a una joven con un vestido veraniego que le observaba sonriendo desde el fondo de la estación y salía de ella sin llamar la atención.

¡Cézanne había desaparecido!

Observé atónito la palmera que seguía allí, vacía y solitaria, con su cadena. Miré alrededor. A la derecha, a la izquierda, de frente... ¿Es que me iba a pasar todo el día igual?

—¡Cézanne! —grité, y eché a correr por la estación—. ¡Cézanne!

¡Dios mío! ¡Esperaba que no hubiera salido de la Gare de Lyon y estuviera ya bajo las ruedas de un coche!

—¡Cézanne... Cézanne... Cézanne! ¿Dónde estás, Cézanne? —En mi estado de pánico, no presté atención a las personas que me lanzaban miradas de asombro. Algunas se echaron a reír. Tal vez creyeran que mis gritos marcaban el comienzo de un *happening* artístico.

—¡Inténtalo en el Musée d'Orsay! —gritó un hombre que estaba apoyado en un quiosco con su botella de aguardiente.

Unas chicas con vaqueros y mochilas a la espalda se detuvieron y me miraron con expectación. ¿Iba a haber algo más?

—¿Qué estáis mirando? ¡Cézanne es mi perro! —solté de mal humor. Luego miré hacia arriba y vi a Jane y Janet, que estaban en el restaurante y golpeaban los cristales de la ventana.

Una hora más tarde iba sentado en el metro. Sujetaba en mis manos una correa, y al final de esa correa estaba Cézanne, tumbado a mis pies, manso como un corderito y sin dejar de mirarme.

Tras una alegre excursión por la Gare de Lyon, en la que según decían los testigos no se había privado de levantar la pata en cada una de las palmeras grandes de los andenes, de pronto había salido corriendo hacia la entrada, donde al parecer había encontrado algo interesante, y se había puesto a ladrar a los taxistas que esperaban en la calle. Uno de ellos había llamado a la policía de la estación, y allí era donde yo había recuperado a mi perro.

Jane y Janet, que desde su palco de la ventana tenían una vista privilegiada, habían visto entre atónitas y divertidas a un policía uniformado cruzando la estación con un dálmata. Minutos después apareció un loco (yo) y se puso a gesticular y dar gritos.

Y entonces las dos mujeres empezaron a golpear el cristal y yo fui corriendo al restaurante y luego a la policía.

—*C'est votre chien?* ¿Es suyo este perro? —preguntó el hombre de uniforme de muy mal humor. Cézanne empezó a mover el rabo, loco de contento, cuando me vio.

—¡Sí, sí! —asentí—. Cézanne, ¿qué has hecho? Te dije que me esperaras. —Le acaricié la cabeza.

—Debe cuidar mejor de su perro, monsieur, su conducta es muy irresponsable. Los perros tienen que ir *siempre* atados por la estación. —Me lanzó una dura mirada—. Tiene suerte de que no haya pasado nada más.

Yo asentí sin decir nada. Hay que saber cuándo guardar silencio.

¿Habría tenido sentido darle alguna explicación sobre las situaciones excepcionales que a veces obligan a dejar solo al perro durante un momento porque su correa se ha enganchado en una palmera encadenada? ¡No!

Monsieur Yo-soy-aquí-el-jefe me entregó una hoja, y yo la firmé. Pagué la multa sin protestar, y Cézanne y yo quedamos en libertad.

10

Había tenido domingos mejores en mi vida, pero también peores, pensaba mientras salía con Cézanne de la estación de metro de Odéon a la clara luz de una soleada tarde de primavera en París.

Había que ser justo: la operación Train Bleu había fracasado, pero ahora tenía la tranquilizadora certeza de que Jane Hirstmann no era la Principessa (algo que yo antes jamás había tenido en consideración, pero que podría haber ocurrido). Y me resultaba interesante el hecho de que hubiera dos mujeres junto al tren con destino a Niza, una de las cuales tenía el aspecto que podría tener Lucille hoy, lo que ampliaba un poco más el círculo de sospechosas. Y Cézanne corría sano y alegre a mi lado, lo que podría considerarse un pequeño milagro a la vista del tráfico que hay siempre frente a la Gare de Lyon.

Decidí ser agradecido, a pesar de lo cual sentí un cierto cansancio cuando avanzaba por el Boulevard Saint-Germain y entré luego en la Cour du Commerce Saint-André.

En el pasaje lleno de pequeñas tiendas y cafés reinaba un gran bullicio, y me dejé arrastrar por él. Pasé por delante de una tienda de regalos muy especiales, donde había globos antiguos, barcos piratas y relojes de música, por delante de Le Procope, uno de los restaurantes más antiguos de París, y frente a una bonita tienda de bisutería que tenía el seductor nombre de Harem y reunía todos los tesoros de Oriente. Los adornos brillaban con colores brillantes a través del escaparate, hacia el cual miraba, como hechizada, una joven con el pelo recogido y una túnica verde esmeralda. Una pareja de enamorados se detuvo también delante del escaparate, y la chica de la túnica se apartó un poco y se volvió hacía mí.

—*Bonjour, monsieur Champollion!*

Hizo un leve movimiento de cabeza y sonrió con timidez.

Debo admitir que después de los acontecimientos de ese domingo ya no me sorprendía nada. Ni siquiera que por la calle una desconocida se dirigiera a mí por mi nombre. Me sentía como el príncipe encantado de un cuento en el que me encontraba con preciosas mujeres que me planteaban enigmas y luego desaparecían, cuando y como querían.

Miré a la chica de la túnica verde.

Me resultaba familiar, aunque no sabía quién era.

¿No les ha pasado nunca que, por ejemplo, durante las vacaciones, digamos en alguna playa, ven de pronto a la profesora de primaria de su hijo? En vez de estar en su clase, como siempre, aparece en un escenario completamente diferente, compuesto de cielo y mar, y ustedes se quedan mirándola fijamente, sienten que conocen su cara de algo, pero al sacarla de su entorno habitual su cerebro ya no puede ordenar la imagen. El mejor ejemplo de nuestro pensamiento en red.

La joven se sujetó un mechón de pelo detrás de la oreja y se sonrojó.

—Hola, Odile —dije.

Mientras intercambiaba algunas palabras amables con la tímida vendedora de la boulangerie de mi barrio pensé, por primera vez en esos días, que el ojo humano, con todo lo increíble que es, sólo puede ver la superficie de las cosas. Se desliza por encima de ellas guiado por una percepción subjetiva que nos permite ver los objetos sólo en una realidad muy limitada, la propia, que se compone de nuestras expectativas y nuestras experiencias.

Pero a veces la luz incide desde otro ángulo y niega nuestra realidad. Y entonces la rolliza hija del panadero se convierte de pronto en la mujer que —¿por qué no?— podría ser una princesa, una encantadora chica de nuestro pasado o alguien en quien en ese momento ni siquiera pensamos.

«Me ve y no me ve», había escrito la Principessa. La sabiduría de sus palabras tenía algo universal.

¿Acaso no vemos a la mayoría de las personas sin verlas? ¿Y no es cierto que es fácil pasar algo por alto, por ejemplo, a la persona que todos buscamos?

—Esa túnica le sienta muy bien —dije al despedirme de Odile. Ella sonrió y bajó la mirada—. Sí, sí... parece una princesa oriental.

—¿De verdad... monsieur Champollion...? —Odile sacudió la cabeza, pero sus ojos brillaban—. ¡Qué cosas dice! Bueno... pues... gracias. *Vous êtes très gentil.* ¡Que tenga un buen domingo! ¡Hasta mañana!

Dio unos pasos y se colgó del brazo de un joven que había aparecido en la entrada del pasaje con un periódico debajo del brazo y se había acercado a ella.

—¡Hasta mañana, hermosa reina de Saba! —dije en voz baja, pero Odile no me oyó.

Seguí caminando, y ya eran las cuatro y media cuando llegué a un café en el que afuera, rodeado de algunos jóvenes, fumando y discutiendo, había un personaje propio de Cocteau. Cézanne ladró de alegría y tiró de la correa, y yo también me alegré... y saludé a Aristide, que estaba sentado con unos alumnos a la sombra de un toldo blanco y se encontraba, sin duda, en su elemento.

—*Salut, Jean-Luc!* ¡Qué maravillosa sorpresa! —Aristide Mercier me saludó con su entusiasmo habitual—. ¡Ven, siéntate con nosotros!

Sonreí y me acerqué a la pequeña mesa redonda en la que había algunas copas y tazas vacías.

—Yo también me alegro mucho de verte, pero no quiero molestar.

—¡Pero no, no, no molestas, en absoluto! —Aristide se puso de pie para acercar una silla—. Toma, siéntate en nuestra modesta tertulia y dale el *glamour* que le falta. *Mes amis...* —el profesor abrió los brazos con gesto dramático—, este es mi amigo Jean-Luc Champollion, llamado «el Duc».

Los estudiantes se rieron y exclamaron «¡Oh, oh!», algunos aplaudieron.

Yo me dejé caer en la silla con una sonrisa irónica y pedí un café.

Mientras escuchaba cómo Aristide hablaba —en su estilo anticuado y algo afectado— con palabras eufóricas «del mejor galerista de Saint-Germain y su famoso antepasado; un hombre de gusto exquisito y peligrosííííísimo encanto» (aquí Aristide me guiñó el ojo), tuve una sospecha.

Una idea que era tan absurda que todavía hoy me hace avergonzarme. Pero ese domingo, deben disculparme, me encontraba en un estado en el que todo me parecía posible.

Había desarrollado una especie de manía persecutoria. Aunque no me sentía perseguido, sino que más bien era yo el perseguidor.

Ya sospechaba de todo el mundo. Y durante un cuarto de hora lo hice incluso de mi viejo amigo Aristide Mercier.

¿Y si se estaba burlando de mí? Su cortesía algo anticuada, sus conocimientos literarios, sus irónicas bromas sobre la simpatía que sentía por mí, el eterno perdedor... ¿no encajaba todo a la perfección con el modo en que estaban escritas las cartas?

Había partido de la base de que era una mujer —¡la Principessa!— quien escribía esas maravillosas cartas cargadas de ingenio, humor y amor. Pero ¿quién me decía que eso no era también una trampa?

Inquieto por esa nueva y horrible idea, removí mi café y ya no le quité ojo a Aristide-el-Príncipe, quien sin duda atribuyó mi repentino interés a su brillante discurso sobre *Les fleurs du mal* de Baudelaire.

Unas nubes grises cubrieron el sol. El cielo se oscureció, un golpe de viento dispersó las cenizas de los ceniceros, los estudiantes fueron despidiéndose uno a tras otro, y al final nos quedamos Aristide y yo solos en la mesa redonda del café, sin contar a Cézanne, que descansaba con todo su peso sobre mis pies.

—Bien, mi querido Jean-Luc, ¿cómo te va la vida? —preguntó Aristide con amabilidad. Y ese era el momento en el que yo me ponía en ridículo.

—Pues mi vida es ahora algo peculiar —dije, y lancé al desconcertado Aristide una mirada penetrante—. ¿Me escribes tú esas cartas firmadas por la Principessa? —pregunté sin más rodeos.

Aristide me miró como si el mismísimo E.T. hubiera aterrizado delante de él.

—¿Cartas de princesas? —dijo—. ¿Qué cartas de princesas?

—¿Así que no me escribes cartas que empiezan con «Querido Duc» y acaban con «Su Principessa»? —insistí—. Aristide, te lo advierto, si esta es una de tus bromas intelectuales, no me hace ninguna gracia.

—Mi querido amigo, me parece que te has vuelto un poco loco.

Con esas palabras Aristide me devolvió a la realidad a la velocidad de la luz y mandó mi sospecha a una lejana galaxia.

—¿Te encuentras bien, Jean-Luc?

¿No había oído ya hoy esa frase?

—No entiendo de qué estás hablando ni de qué me acusas —prosiguió Aristide muy ofendido—. ¿Tendrías la amabilidad de explicármelo?

Miré a Aristide sin saber qué decir y me puse colorado como un tomate.

—¡Bah, olvídalo! —dije—. Ha sido un malentendido.

—No, no, no, Jean-Luc, no te vas a escapar tan fácilmente. ¡Ahora quiero saber qué es lo que pasa! —Aristide me miró con gesto serio e inflexible—. *Alors?*

Me revolví como un gusano en la pequeña e incómoda sillita del bistró.

—¡Ay... Aristide... créeme... no querrás saberlo!

Aristide guiñó los ojos.

—¡Oh, sí, claro que quiero saberlo!

En ese momento sonó mi móvil. Me agarré a él como si fuera mi salvación.

—¿Sí? —dije agradecido a través del altavoz.

—¿Y? —inquirió alguien al otro lado de la línea.

—¡Bruno!, ¿puedo llamarte más tarde?

—¿Es Soleil?

—No, *no* es Soleil. Al menos no estaba en Le Train Bleu.

—¿Entonces quién es?

—Bruno... —Noté que los ojos oscuros de Aristide se clavaban en mí, que me taladraban como si fueran dos rayos láser—. Bruno, estoy aquí... con Aristide...

—¿Con Aristide? ¿Por qué con Aristide? ¿Y qué pasa con la Principessa? —Bruno gritaba cada vez más alto, yo estaba seguro de que Aristide le podía oír—. ¿Sabes ya quién es la Principessa?

—No, Bruno, no lo sé —le solté con brusquedad—. Escucha, te llamo más tarde, ¿de acuerdo?

Colgué y me guardé el móvil en el bolsillo.

—Vaya, vaya —dijo Aristide con una leve sonrisa—. ¡Así que nuestro buen Duc está enamorado... de una *Principessa!* ¡Felicidades! —Se encendió un cigarrillo y me ofreció otro a mí—. ¡Vamos, dispare, mi querido Duc...!

Suspirando, cogí un cigarro, y Aristide se reclinó expectante en su silla.

—En primer lugar, no estoy enamorado —dije—. En segundo lugar, ni siquiera sé quién es esa mujer.

Y en tercer lugar le conté a Aristide Mercier lo que me había pasado.

—¡Qué historia tan fantástica, insólita y romántica! —dijo Aristide cuando finalicé mi relato. Luego le hizo una seña al camarero y pidió una botella de vino tinto para los dos. No me había interrumpido ni una sola vez, y aunque en alguna ocasión se había reído un poco, luego había vuelto a arrugar la frente con gesto muy serio.

Cuando, con cierto bochorno, llegué a mi último «sospechoso», la comisura de sus labios vibró un instante, pero tuvo la amabilidad (Aristide es un auténtico caballero) de ahorrarse cualquier comentario arrogante.

El camarero vino con una botella de merlot y la abrió con un ademán exagerado. Luego sirvió el vino en dos copas abombadas, y el suave sonido hizo que ese día tan agitado pareciera más tranquilo. Aristide se reclinó en la silla y me miró con gesto ausente.

—¿Sabes, Jean-Luc? Puedes sentirte afortunado. ¿Cuántas veces ocurre en nuestras aburridas vidas algo que despierta y hace crecer nuestros deseos con tanta fuerza que todo lo demás pasa a un segundo plano? —Cogió su copa y la movió en círculos.

—Pues en este momento a mí me gustaría que mi vida fuera algo más aburrida —repliqué con sorprendente desesperación.

—No, amigo mío, eso no te gustaría. —Aristide sonrió—. Te ha atrapado. ¿Qué te impide poner fin ahora mismo al intercambio de cartas con esa misteriosa Principessa? Nadie te obliga a participar en el juego. Puedes dejarlo en cualquier momento, pero no lo haces. Esa Principessa, sea quien sea quien se esconda detrás, ha provocado en ti algo que llega más hondo que la sonrisa de cualquier mujer guapa que se cruza en tu camino. Domina tus pensamientos, aviva tu imaginación como ninguna otra lo ha hecho, de pronto todo es posible... —Hizo una breve pausa—. Bueno... no *todo*. —Aristide-el-Príncipe permaneció unos segundos de silencio, luego me miró y me guiñó un ojo—. Te juro que no te vas a quedar tranquilo hasta que no sepas quién es la Principessa. ¿Y sabes una cosa? A mí me pasaría lo mismo. —Alzó su copa—. ¡Por la Principessa! Sea quien sea.

—¡Sea quien sea! —repetí, y mis palabras sonaron como un conjuro en una misa negra.

—Pero ¿quién es? Y ¿qué puedo hacer para descubrirlo? —pregunté al cabo de un rato.

Pensativo, Aristide balanceó el cuerpo.

—Como dice George Sand: «*L'esprit cherche et c'est le coeur qui trouve*». La razón busca, pero quien encuentra es el corazón. En cualquier caso, esa Principessa es una mujer culta, pues elige el estilo de la literatura francesa del siglo XVIII para su camuflaje. Tal vez podías enseñarme alguna vez las cartas... en mi calidad de profesor de literatura, naturalmente. —Sonrió—. Es posible que haya alusiones o expresiones que nos aporten alguna pista.

—Pero ¿por qué se esconde detrás de esas cartas? —pregunté cortándole con impaciencia—. ¡Es ridículo!

—Bueno, es obvio que tiene sus motivos, y lo misterioso siempre es más excitante que la verdad desnuda. ¡Mírate! Todas las mujeres que conoces o has conocido tienen de pronto la magia del misterio. Ves a Soleil durmiendo y te preguntas si podría ser ella. Ves a una mujer rubia en un andén y crees ver a una niña de la que te enamoraste hace un montón de tiempo. Y si mañana la guapa camarera de Les Deux

Magots te sonríe un poco más de lo normal, luego la mirarás con otros ojos. El misterio eleva lo normal a la categoría de extraordinario.

Escuché absorto el pequeño discurso de Aristide que tan bien describía el estado en el que me encontraba. El profesor no se privó de poner un ejemplo.

—Imagina que yo te enseño una naranja y te la regalo. Y ahora imagina que te enseño algo que está envuelto en una tela y te digo: «Aquí tengo algo muy especial y si adivinas qué es, te lo regalo». ¿A cuál de las dos naranjas prestarás más atención?

Aristide hizo una pequeña pausa retórica, y yo reflexioné sobre el amor a las dos naranjas.

—Si después de la primera carta ya hubieras sabido que la Principessa era, digamos, la hija del panadero o tu vecina, enseguida habrías perdido el interés. Hasta la hermosa Lucille sería en algún momento una esfinge sin misterio. Pero así arde en ti la llama de la incertidumbre y el fuego sigue encendido. Te prestas a ese intercambio de cartas, te pasas horas pensando en lo que esa mujer te escribe. No te deja tranquilo. Y sus cartas se han convertido en tu droga diaria.

Intenté protestar, pero ya no había quien parara a Aristide.

—Debo decir que me gusta esa Principessa. Es una mujer inteligente, sabe cómo captar toda tu atención, cómo domarte... y sólo con el poder de las palabras. ¡Es admirable! Me recuerda un poco a Cyrano de Bergerac.

—¿Te refieres a ese tipo de la nariz grande que no se atrevía a presentarse ante la mujer que amaba porque pensaba que era muy feo y por eso se limitaba a escribirle cartas de amor?

Aristide asintió.

—¿Has leído alguna vez las cartas originales? ¡Son increíbles! *Incroyable!*

De pronto sentí un escalofrío.

—¿No querrás decir con eso que mi Principessa es en realidad más fea que un pecado y que por eso se esconde detrás de tanta palabra bonita? —pregunté intranquilo. Debo admitir que esa posibilidad tampoco se me había pasado por la cabeza.

Aristide se rio de mi cara de susto.

—¡Tranquilo! No creo que ese sea el motivo por el que juega al escondite. En tu entorno no hay mujeres feas, ¿no? —Aristide reprimió una risita—. Puede ser que la Principessa tenga una nariz enorme, ¿por qué no se lo preguntas? Seguro que sabe qué contestar.

Estuve sentado en el café con Aristide, charlando, hasta las ocho y media. Otra botella más de merlot fue la responsable del creciente entusiasmo con que discutimos sobre otros detalles y posibilidades. Yo había aceptado el ofrecimiento de mi amigo y quedamos para el jueves siguiente, y el profesor prometió echar un vistazo literario-detectivesco a las cartas de madame-Bergerac-la-Principessa, del que yo esperaba algún resultado. Luego me marché por la Rue des Cannes sintiéndome bastante inquieto. El asunto de la nariz no se me iba de la cabeza.

—Deja que las cosas sigan su curso, todo se arreglará —me había dicho Aristide al despedirse de mí con un golpecito jovial en la espalda—. ¡Dios mío! Si yo recibiera unas cartas así disfrutaría de cada momento del día —añadió poniendo los ojos en blanco.

Para Aristide era muy fácil decir que lo importante es el camino, no la meta. Pero yo era el hámster en la rueda que da vueltas y vueltas sin llegar a ningún sitio. Y no quería disfrutar de cada momento del día sin poder dormir por las noches. Yo quería... claridad.

¿Quién era la Principessa? ¿Era una mujer horrible con una nariz enorme? ¿O era la increíble Lucille de belleza celestial?

Después de una botella de vino tinto me parecía bastante probable que fuera Lucille, que volvía a mi vida después de muchos años. En las películas siempre pasan esas cosas. Y ahora yo ya no era un niño estúpido, sino un hombre que no tenía nada que demostrar y que —¡por supuesto!— también sabía besar.

Abrí la puerta con energía, crucé el patio en penumbra, pasé por delante de los contenedores de basura y subí las escaleras hasta mi casa. ¡Lucille, si es que era ella, se iba a sorprender!

—¿Quién es Lucille? —preguntó Bruno—. No habías hablado de ella hasta ahora.

Acababa de llenar el comedero de Cézanne y me dirigía hacia mi escritorio cuando algo vibró en mis pantalones. Era mi móvil, que había puesto en silencio en el café y del que no había vuelto a acordarme. Y ahora mi mejor amigo quería que le pusiera al corriente.

Le expliqué en pocas palabras quién era Lucille y que creía haberla visto en la estación.

—¡Imposible! —dijo Bruno.

Hice como que no le había oído.

—Era otra rubia cualquiera —añadió Bruno sin compasión—. París está lleno de mujeres rubias. La mayoría son teñidas. Olvídate de Lucille. Tío, eso pasó hace treinta años. ¡*Treinta* años! ¿Has ido a alguna reunión de antiguos alumnos? ¡¿No?! —Resopló por el auricular—. Créeme, hoy Lucille está gorda como una vaca, tiene cinco hijos y lleva el pelo corto.

—Pero *podría* ser ella —insistí.

Bruno suspiró.

—Sí, también podría ser Rapunzel, que te espera en la torre de los deseos. ¡Sé realista! Mejor dime algo de la otra mujer, la morena.

—No me fijé mucho en ella —repliqué con desgana. La figura bañada en luz de Lucille se iba alejando cada vez más.

—Pues eso fue un error —dijo Bruno con énfasis—. ¿Y qué pasa con Soleil? ¿No sería la morena Soleil?

—¡No! ¡Qué fijación tienes con Soleil! Es más alta y tiene el pelo más oscuro que la mujer de la estación.

—¿Cómo puedes estar tan seguro? Dijiste que las dos mujeres estaban muy lejos. ¡Me apuesto lo que sea a que era Soleil!

Bruno insistía en su idea fija, y yo solté un gemido. ¿Qué estaba pasando en realidad?

—¡Maldita sea, Bruno! ¿Es que quieres volverme loco? ¿Qué está pasando? —grité fuera de mí—. ¿Se trata de tu apuesta? ¿Es eso? Te regalo el champán, ¿cuántas botellas quieres? ¿Una? ¿Dos? ¿Cien? *No* era Soleil, ¿entendido? La habría reconocido. ¡Todo esto es ridículo! —grité, sin saber muy bien por qué de pronto estaba tan enfadado.

—¡Ajá! —Bruno guardó silencio un instante—. Bueno, entonces sigue soñando con tu hada rubia. ¿Sabes una cosa? A mí me da igual, pero creo que tú no *quieres* que sea Soleil. Aunque es la única que encaja realmente. En mi opinión.

Bruno no dijo nada más. Había colgado.

Me dirigí a mi escritorio con mala conciencia. Ahora encima había discutido con Bruno. ¡Y todo por una mujer! Una mujer que ni siquiera sabía quién era. Una bruja con la nariz grande, tal vez.

Estaba nervioso, tenso y cansado. No tenía ganas de nada. Me habría gustado poner fin a esa relación, que no era tal, y olvidarme de la Principessa. Fuera Soleil o Lucille o mademoiselle No-ese-no-es-mi-nombre.

Quien quisiera algo de mí, que me lo dijera en persona. Que me llamara por teléfono y dijera: «Hola, soy yo», y que no fuera tan cobarde de esconderse detrás de cartas confusas. ¡Entonces ya veríamos!

Furioso, abrí mi portátil para mandarle un último email a la princesa en este sentido.

Asunto: *¡Última carta!*

—¡Se acabó! —murmuré, y sonó casi como «¡Fuera!» o «¡Siéntate!».

Pero mi corazón, debo admitir con vergüenza, me obedecía menos que mi perro. En vez de calmarse de una vez se puso a latir alocadamente.

Pues, al igual que su dueño, había oído un suave «¡Pling!».

En la bandeja de entrada había un mensaje de la Principessa que abrí con ansia; sí, me lancé sobre las palabras como si mi vida dependiera de ellas.

Todavía tenía que escribirle muchas, muchas cartas a la Principessa.

Ya me había olvidado de esa famosa «última carta» de Jean-Luc Champollion.

Asunto: *¡En persona!*

Mi querido Duc:

Tras una jornada tan agradable como excitante he regresado de nuevo a mis aposentos.

Agradable porque he pasado el día en compañía de mi amiga, excitante porque esta se ha confundido en la hora de salida de su tren y el viaje a la Gare de Lyon ha sido muy apresurado, por lo que no hemos tenido tiempo de disfrutar de un pequeño refrigerio en Le Train Bleu.

Y con esto llego a una pregunta que me tiene en vilo desde hoy al mediodía.

¿Ha sido mi imaginación, mon cher ami, *o le he visto en persona en la Gare de Lyon? ¿Puede ser que usted corriera abatido por el andén en el que pocos minutos antes mi amiga había subido a su tren con destino a Niza?*

En otras palabras: ¿puede ser, querido Duc, que me esté siguiendo a escondidas?

Es evidente que fue un error por mi parte hablarle sin reservas de mis planes para el domingo. ¿Se paga así la confianza de una dama? ¡Debería darle vergüenza!

En el futuro deberé ser más precavida, pero ¿cómo iba a imaginar que usted, un Duc, iba a atreverse a espiarme como si fuera un paparazzo?

¿Por qué no puede aceptar sin más que yo determino el momento en que nos veremos cara a cara? Por el bien de los dos. ¡Confíe en mí, se lo ruego!

He tenido que esperar tanto, llevo tanto tiempo ansiando el momento de poder abrazarle, pero usted estaba siempre ocupado con otros asuntos (¿o debo decir con otras damas?), así que debe permitirme un par de cartas y explicaciones antes de entregarme a usted por completo.

Acepto encantada su invitación a llevarme a mi restaurante favorito, pronto nos sentaremos allí uno enfrente del otro, ante unos platos exquisitos y no demasiado pesados y un suave vino tinto, y entonces veremos hasta dónde nos lleva la noche y nuestro estado de ánimo... Puedo asegurarle que será mucho más lejos de lo que usted considera propio de mi fantasía.

También estaré encantada de revelarle el nombre de mi restaurante favorito: es Le Bélier, un discreto restaurante en la Rue des Beaux-Arts. Se encuentra en un hotel que en otros tiempos fue un pavillon d'amour *(¡qué apropiado!), y los cómodos silloncitos y sofás de terciopelo rojo oscuro parecen hechos para una aventura galante.*

Si en este mismo segundo estuviera sentada allí a su lado, nuestras rodillas se rozaran y nuestras manos iniciaran un delicado juego debajo del mantel blanco, se me ocurrirían los peores pensamientos, ¡se lo aseguro!

Pero le aconsejo que no se deje caer todas las noches por Le Bélier con la vana esperanza de encontrarme allí. Le prometo que sólo iré a este pequeño templo del amor con usted.

Y no, no me voy a morir de rabia, como el Enano Saltarín, cuando usted pronuncie mi nombre por primera vez. ¡Se sorprenderá tanto cuando conozca por fin a su Principessa, mon Duc...! *Y cuando me imagino que entonces podré besarle en el más delicado abrazo del que soy capaz, me estalla el corazón.*

Y si en ese momento se rompe algo, será en todo caso una tela que no puede resistir la impaciencia de sus dedos.

¡Ahora le dejo en manos de la noche, querido Duc!

Hoy hay luna llena y soñaré con usted. Confío en que me disculpe por no haberme podido pillar en la estación.

Su Principessa

Siempre se dice que las mujeres reaccionan ante las palabras y los hombres, en cambio, ante las imágenes. Es posible que esto sea válido en la mayoría de los casos, pero tras la lectura de esta carta yo era el ejemplo vivo de que un hombre puede reaccionar con fuerza ante las palabras.

Estaba sentado delante de la pantalla, cuyas palabras evocaban en mi cabeza imágenes muy concretas, y la miraba como a una mujer a la que se acaba de desnudar. Estaba excitado, atrapado por la magia de las palabras, y faltó muy poco para que me abrazara a esa pequeña máquina maravillosa y le pasara la mano por la espalda.

Mi mal humor había desaparecido, mis dedos se deslizaron deprisa por el teclado, tenía que contestar esa carta de inmediato, quería «pillar» a la Principessa antes de que se fuera a la cama. Y vi ante mí —a pesar de los argumentos de Bruno— a una mujer de largos cabellos rubios en los que me habría gustado hundir el rostro.

El olor de las mimosas y el heliotropo inundó de pronto la habitación, y la luna llena que brillaba a través de mis cortinas era la misma que iluminaba el dormitorio de la Principessa.

Asunto: *Por completo*

Bellísima Principessa:

¡Adoro la idea de las mujeres que no duermen y por la noche sueñan con los ojos abiertos! Nada es más excitante que el cielo nocturno lleno de posibilidades que se abre ante uno.

Y déjeme decirle en este punto: ¡todavía no se ha soñado el sueño más bello! Sí, lo admito, apenas puedo esperar a pronunciar su nombre, a susurrárselo al oído una y otra vez hasta que usted por fin se rinda y sea mía por completo.

Para mí será un placer llevarla a comer a su pequeño templo del amor cuando usted quiera. Pero entonces será seducida sin perdón... sobre el terciopelo rojo oscuro o sobre los blandos almohadones de un grand lit, eso será lo único que usted podrá decidir.

¡Debo decirle que mi restaurante favorito también es Le Bélier!

He estado allí con frecuencia, la última vez con un coleccionista chino, y en él pensé en usted, pues fue el día que recibí su primera carta, que tuve que leer una y otra vez. Por tanto, su carta de amor (¿puedo llamarla así?) estuvo conmigo en Le Bélier, lo que considero una buena señal —yo, que no creo en las señales—, ya ve cómo me ha cambiado.

A mí nunca se me habría ocurrido espiar a una mujer como si fuera un marido celoso, pero sí, lo admito, hoy a mediodía he ido a la Gare de Lyon, ¡qué vergüenza!, para poder descubrirla.

¡Por favor, perdóneme! Fue el deseo impaciente de verla por fin, aunque no lo he conseguido.

En cambio me he encontrado por unos maravillosos momentos con mi pasado, he discutido con mi mejor amigo y he reflexionado sobre lo insuficiente que es a veces el ojo humano.

Querida Principessa, en estos momentos me encuentro en un estado bastante extraño y no sé si puedo confiar en mi propia percepción.

Pero al menos sé, mi bella desconocida, que usted estuvo en la Gare de Lyon al mismo tiempo que yo. Ha estado muy cerca de mí, en persona, como usted dice, y me siento feliz, pues a veces tengo miedo de que en realidad usted no exista.

Confiaré en usted, la esperaré, y estaré encantado de seguir escribiéndole cartas que conforten su corazón y su espíritu. Responderé a todas sus preguntas, sí, me someteré a disgusto a su dictado temporal, aunque no le encuentre ningún sentido ya que, queridísima Principessa, sólo soy un hombre.

Pero hoy me surgen dudas, no en relación a su bello espíritu, a su alma que inspira y está llena de inspiración, sino... ¿cómo debo imaginármela?

¿Es usted alta, baja, delgada, gruesa, tiene el pelo oscuro, rubio, es usted pelirroja? ¿Con qué ojos me mirará con ternura cuando pronuncie su nombre? ¿Son claros como el cielo, verdes como el agua de la laguna veneciana o brillantes y oscuros como una castaña?

Por favor, disculpe mi insistencia. Si me conoce, y es evidente que me conoce muy bien, debería saber que me gustan las mujeres más diversas, pero tras una larga conversación con un amigo que es profesor de literatura y al que he contado mi secreto de forma no del todo voluntaria se planteó la cuestión de si usted —al igual que Cyrano de Bergerac— no se esconde detrás de palabras bonitas por el mismo motivo por el que él odiaba la luz de sol. ¿Es usted de verdad tan fea?

¡Yo sólo puedo imaginármela muy bella!

Madame Bergerac, por favor, confírmeme de inmediato que el tamaño de su nariz está dentro de unos límites razonables.

Para que nada obstaculice nuestros besos apasionados.
En ello confía,

Su incorregible Duc

Envié el mensaje antes de que se me ocurriera cambiarlo. Mi amiga platónica tendría que manifestarse de alguna forma. Ninguna mujer permite que se sospeche que es fea.

A pesar de todo estaba intranquilo cuando me eché en la cama y me quedé mirando el techo, que era algo más pequeño que el cielo nocturno lleno de posibilidades bajo el que se soñaba tan bien.

¿Qué iba a hacer si la Principessa no era una joven bella y rubia, sino una horrible princesa rana?

¿Besarla a pesar de todo?

11

Parecía increíble, pero esa noche dormí por primera vez en varios días. Dormí profundamente, sin soñar, sin molestos incidentes ni angustiosas visiones de mujeres de grandes narices.

Cuando me desperté me llegó desde el exterior el bullicio de una mañana cualquiera de París, un rayo de sol entró curioso por las cortinas de seda azul, y me estiré un momento en la cama con la satisfacción de quien ha dormido bien.

Decidí renunciar a los cruasanes de Odile y disfrutar en cambio de un pequeño desayuno con un periódico en el jardín de invierno del Ladurée. A esa hora tan temprana de la mañana todavía estaba vacío y tranquilo y era muy agradable sentarse en ese pequeño oasis, bajo las palmeras, ante los trampantojos de tonos verde claro y turquesa pálido. Apenas se fijaba uno en las hordas de chicas japonesas que hacían cola pacientemente para llevarse una bonita caja rosa palo o verde tilo de los dulces *macarons* que se exhibían en la vitrina de cristal.

Me vestí, recogí un poco la casa, abrí una lata de comida para Cézanne, y pensé que tenía que ir a la compra urgentemente.

Miré varias veces hacia mi escritorio, donde reposaba mi portátil cerrado. ¿Habría contestado la Principessa? Di vueltas alrededor de la pequeña máquina blanca como un gato que acecha a un ratón, quería guardarme lo mejor para el final.

Luego me senté y lo abrí.

La Principessa no había contestado. Eran las ocho y media y no había mensajes para el Duc.

No quería creérmelo. ¿Estaría durmiendo todavía? A lo mejor ni siquiera había leído mi carta de la noche anterior. Al fin y al cabo no podía pensar que todo el mundo pase día y noche mirando el ordenador sólo porque yo lo hacía. ¿O es que madame Bergerac se había ofendido porque había dudado de su belleza? ¿Era mi última frase tan descarada? ¿Había cometido un terrible error?

Mi intranquilidad crecía minuto a minuto. ¿Y si ahora la Principessa me ignoraba y no me volvía a escribir?

Probé con la hipnosis a distancia.

—¡Venga, mi Princesita, escríbeme! —susurré, pero esperé en vano un suave «¡Pling!» que anunciara la llegada de un mensaje nuevo.

El que llegó fue Cézanne, que entró en el cuarto de estar corriendo y sin dejar de ladrar. Llevaba su correa en la boca. Tuve que echarme a reír. Había vida más allá de la Principessa. Y me estaba dando los buenos días.

—¡Está bien, Cézanne, ya voy! —Despacio y con cierta resignación, cerré el portátil.

Cuando después de un largo paseo con Cézanne y un desayuno en el Café Ladurée entré muy decidido en la Rue de Seine para empezar un nuevo día, no imaginaba que en la galería me esperaba una picante sorpresa.

Eran las diez y cuarto, pero la persiana metálica del escaparate de la Galerie de Sud ya estaba levantada. No era frecuente que por las mañanas Marion llegara antes que yo.

Entré en la galería, dejé el llavero en el mueble de la entrada y colgué mi abrigo.

—¿Marion? ¿Estás ya aquí? —grité extrañado.

El pelo rubio de Marion apareció detrás del pequeño bar. Mi ayudante era hoy una *sophisticated girl* embutida en unos vaqueros ceñidos y una camiseta negra. Una larga y fina cadena de plata se movía en su escote, y se había recogido el pelo en la nuca con una enorme horquilla de nácar.

—A quien madruga, Dios le ayuda —dijo, y sonrió. Luego soltó un sonoro bostezo—. Perdona. Para ser sincera, la verdad es que esta noche he dormido fatal. ¡La luna llena! Y he pensado que mejor me levantaba. —Cogió algo que yo tomé por publicidad y se dirigió hacia mí.

—¡Toma! Esto estaba esta mañana en la puerta. —Me tendió un sobre azul claro con gesto interrogante, y a mí me dio un vuelco el corazón.

Las cartas que trae el cartero caen por una ranura directamente en la entrada. Pero esta carta no había llegado por correo. No tenía sello ni dirección.

En el sobre sólo había tres palabras escritas con la letra que yo ya conocía tan bien:

Para el Duc.

—¿Para el Duc? —dijo Marion—. ¿Qué significa eso?

Le arranqué el sobre de las manos.

—Nada que le importe a una chica curiosa —dije, y me giré para alejarme.

—¡Oh! ¿Tienes una admiradora secreta? ¡Enséñamelo! —Marion me siguió riéndose e intentó arrebatarme la carta—. ¡Yo también quiero ver la carta del Duc! —exclamó.

—¡Eh, Marion, estate quieta! —La agarré por la muñeca y me guardé la carta en el bolsillo interior de la chaqueta—. Bien —dije, dándome golpecitos en el pecho—. ¡Es mi carta!

—*Oh là là!* ¿Es que monsieur Champollion se ha enamorado? —Marion soltó una risita.

A mí me daba igual.

Me fui al baño y me encerré dentro. ¿Por qué me mandaba de pronto la Principessa una carta de verdad? Palpé el sobre y creí notar algo más duro que el papel. ¿Era una foto? ¡Sí, estaba seguro de que era una foto! En pocos segundos podría ver el retrato de la mujer que había puesto en marcha la maquinaria de mi fantasía, que ahora trabajaba a máximo rendimiento.

Impaciente, abrí el sobre y miré con incredulidad lo que tenía en las manos.

—¡Maldita sea! —dije. Y luego tuve que echarme a reír.

La Principessa me había mandado una tarjeta. Y en esa tarjeta se veía a una mujer joven, casi una niña, echada boca abajo en una especie de diván, en una postura provocativa. Se apoyaba en los brazos y dejaba a la vista del observador su preciosa espalda desnuda, ¡y qué decir de su pequeño trasero verdaderamente adorable! Parecía felizmente agotada tras un juego amoroso que acababa de finalizar, y se repantingaba en unos cómodos cojines.

La joven desnuda miraba hacia delante, su delicada carita con el pelo rubio recogido se veía de lado. Y tenía la nariz más encantadora que se pueda imaginar.

Yo conocía el famoso cuadro del siglo XVIII, *Louise O'Murphy*, de François Boucher, que mostraba a la joven amante de Luis XV. Había estado delante de esa pintura, que cuelga en el Wallraf-Richartz-Museum de Colonia. Una escena femenina que no puede ser más fascinante y atrevida.

En la parte posterior de la tarjeta la Principessa sólo había escrito dos frases:

¿Sería esta nariz un estorbo para sus besos?
Si no es así, le espero... ¡muy pronto!

—¡Pequeña bruja! —murmuré extasiado—. ¡Esta me la vas a pagar!

—¡Jean-Luc, Jean-Luc, abre! —Marion golpeó con fuerza la puerta del cuarto de baño—. ¡Te llaman por teléfono!

Hice desaparecer la tarjeta en mi bolsillo y abrí. Marion me hizo un guiño y me tendió el teléfono.

—*Pour vous, mon Duc* —dijo sonriendo—. Parece que hoy estás muy solicitado.

Sonreí y le quité el teléfono de la mano.

Al otro lado de la línea estaba Soleil Chabon, muy contenta, que llamaba desde una zapatería de Saint-Germain y quería quedar a mediodía en la Maison de Chine para «tomar algo» y hablar sobre la exposición. Naturalmente, acepté.

Por la tarde me sonaban las tripas mientras estaba en la larga cola de la caja de Monoprix con un carrito de supermercado lleno hasta arriba.

La Maison de Chine, un elegante restaurante minimalista de la Place Saint-Sulpice, es un pequeño templo oriental de la tranquilidad en el que se bebe té verde en tacitas enanas y con unos palillos de madera se pescan pequeños bocaditos selectos servidos en fuentes de porcelana blanca. No es un restaurante en el que un hombre europeo quede realmente saciado.

Con cierta fascinación e incredulidad había visto cómo Soleil Chabon cogía hábilmente con sus palillos un par de rollitos de primavera diminutos y algo de ensalada de col y poco después decía:

—¡Uf, estoy llena!

Yo no podía decir lo mismo. Pero, como pasa tantas veces en la vida, la comida no lo era todo.

Soleil me dijo que quería exponer quince cuadros en vez de los diez previstos. No podía dejar de trabajar, había pintado otro cuadro más, estaba de muy buen humor, y cuando Soleil estaba de buen humor podía ser muy divertida.

Así que charlamos mucho, nos reímos mucho, y cuando al final de nuestro agradable encuentro, que incluso me hizo olvidar por un momento la tarjeta de la Principessa, le pregunté si había novedades con respecto a la figura de pan, me llevé una sorpresa.

—¡Ah... ese! —dijo Soleil, haciendo un movimiento despectivo con la mano—. ¡Un calzonazos! No ha sabido aprovechar su oportunidad. —Me miró, sacudió con desgana sus rizos negros, y yo me revolví incómodo en la silla. De pronto ya no estaba tan seguro de que la teoría de Bruno no tuviera algo de cierto.

—Vino el sábado a verme... —Soleil lanzó una sonrisa muy reveladora—. Pero luego... cuando... cómo debo decirlo... estuvimos juntos... de pronto la magia se desvaneció. —Sonrió—. ¡Una catástrofe!

—¿Y el hombre de pan? —Le devolví la sonrisa muy aliviado. Bruno había perdido la apuesta, eso estaba claro.

—Ahora flota en las alcantarillas de París.

Cuando Soleil se despidió de mí con un abrazo me quedé mirándola mientras se alejaba, hasta que su esbelta figura desapareció por una callecita detrás de la iglesia de Saint-Sulpice.

Era como en la vieja canción infantil de los diez negritos. En algún momento sólo quedaría uno.

Cargué con las bolsas de la compra hasta mi casa. Me preparé un trozo grande de *boeuf* en una sartén y lo compartí fraternalmente con Cézanne. Llamé a Aristide y le conté cómo había reaccionado la Principessa a la «pregunta de narices».

—¡Deliciosa! —exclamó Aristide—. *Cette dame est trop intelligent pour toi!* Es demasiado lista para ti.

Llamé a Bruno y le expliqué por qué Soleil *no* era la mujer que estábamos buscando.

—¡Lástima! —dijo Bruno—. Pero entonces... ¿quién es?

Le conté excitado lo de la tarjeta de Boucher, lo de Cyrano de Bergerac y la cuestión de la nariz.

—Bueno, ¿y? —dijo Bruno sin terminar de entender nada—. ¿Qué es lo que te resulta tan excitante? Sigues sin saber quién es. ¿O es que esa joven desnuda se parece a alguien que conoces?

Observé por enésima vez la tarjeta que estaba sobre mi escritorio al lado del portátil abierto. Cogí mi copa y di un sorbo de vino tinto. ¿Conocía a alguna mujer que se pareciera a la modelo de François Boucher? ¿Había sido elegido ese cuadro de forma arbitraria? La escena era atrevida y sin duda quería provocarme, pero... ¿había además alguna señal oculta? ¿Algún detalle que pudiera darme una pista?

Mis ojos se deslizaron una y otra vez por la descarada joven desnuda del cuadro tras la que se escondía la Principessa, y debo admitir que no era su bien formada nariz la que encendía mi imaginación.

Me serví otra copa de vino, y luego recibió la Principessa la carta que se merecía.

Asunto: *¡La verdad desnuda!*

Mi bellísima Principessa:

¡Debo decir que ha sido toda una sorpresa!

¡Qué golpe tan osado! ¿Cómo puede mandarme una imagen así? ¡¿Cómo se atreve?!

Cuando esta mañana temprano abrí con febril impaciencia la carta que usted me hizo llegar tan deprisa, no podía dar crédito a lo que estaba viendo. ¡Es monstruoso lo que usted está haciendo! Veo que se está burlando de mí. Le pone al hambriento la comida delante de las narices.

¡A propósito! ¿Cree usted que yo podría pensar por un segundo en su nariz si usted me ofrece el cuerpo más tentador que se ha visto jamás de un modo tan atrevido y lleno de encanto?

Pero respondiendo a su pregunta, que en realidad no es tal, sino el culmen de la provocación, porque con ella usted se está burlando de mí, ¡no, una nariz así no sería un estorbo para mis besos!

Y al margen de que se parezca a la dama del cuadro o no, ahora sé que usted me va a gustar. Alguien que elige y envía tales imágenes promete ser cualquier cosa menos una horrible rana. ¡Así que le tomo la palabra!

Y dado que la cuestión de la nariz está resuelta a la más completa satisfacción, debo suponer que me recibirá pronto, muy pronto, en sus aposentos para mostrarme la verdad desnuda.

¿O es que tiene miedo?

Yo por mi parte apenas puedo esperar a tenderme a su lado y susurrar cosas malas en su dulce oído mientras mis manos se deslizan lentamente por su espalda hasta esa parte innombrable del cuerpo que usted me ofrece con descaro.

Y entonces, bellísima Principessa, pagará por haberme impedido pensar en otra cosa que no sea usted.

Pero eso es lo que usted quería, ¿no? ¡Que yo sólo piense en usted!

¡Principessa! Ante mí se abre una larga noche que debo pasar solo en mi cama, y como no puedo tocarla, llego hasta usted con mis palabras. ¡Venga a mis brazos y respóndame!

Sentado ante la pantalla con gran impaciencia,

Su Duc

Mandé mi carta por la noche y me recliné en el sillón de mi escritorio. Debo decir que fui el primer sorprendido de lo que había escrito. Animado por el vino, ya creía ser el famoso Cyrano que manda una carta tras otra a Roxanne, ansiosa por oír palabras de amor. Aunque mi efusión verbal no tuviera la misma calidad literaria, en cuanto al apasionamiento mis cartas no tenían nada que envidiar a las del gran maestro.

Si unos días antes alguien me hubiera dicho que iba a tener un intenso intercambio de cartas con una desconocida, habría pensado que estaba loco.

Al principio había sido el juego lo que me había atraído. Pero poco a poco —por muy increíble que suene— mis frases insinuantes se habían independizado, se habían alejado de mi cabeza, habían adquirido una desenfrenada vida propia, se habían llenado de emociones, y llegó un momento en el que *sentía* las palabras que escribía.

Inquieto, me puse de pie y me dirigí hacia la estantería. En la parte baja estaban mis viejos álbumes de fotos. Los saqué, me senté en el sillón y hojeé las páginas amarillentas. No estaba seguro, pero tal vez confiaba en encontrar una vieja foto de clase en la que apareciera

Lucille. Dos años después de aquel desafortunado verano, Lucille, de la que ni siquiera sabía el apellido, se había mudado a otra ciudad con su familia. Pensativo, cerré el álbum. ¿Me había atrapado mi pasado? Y si pudiera elegir, ¿sería realmente Lucille mi primera opción? ¿Y qué Lucille sería entonces, la de entonces o la de hoy? Bruno tenía razón, las personas cambian, y los recuerdos no son siempre el mejor consejero.

El vino tinto me había puesto filosófico.

Creo que fue esa tarde cuando decidí darle otro enfoque al asunto. Claro que sentía curiosidad por la mujer que me escribía esas cartas, claro que estaba ansioso por descubrir quién era, qué aspecto tenía, que se sentía al tocarla. Pero al verme inquieto y extrañamente excitado, dando vueltas en el tiempo y entre las paredes enteladas de mi habitación, por primera vez me di cuenta de que era la autora de aquellas cartas la que de verdad me interesaba, sí, a la que deseaba, ¡daba igual cómo se llamara!

Había pasado una hora desde que mandara mi última carta y ya había mirado el correo treinta y cinco veces.

Cuando me paré por trigésimo sexta vez delante del ordenador, la Principessa había contestado.

Asunto: *Ya voy...*

Mi querido Duc:

Si está tan ansioso delante de su ordenador esperando una respuesta mía, no puedo hacer otra cosa que escribirle cuanto antes.

Yo también me alegro de que la cuestión de la nariz esté ya aclarada, y me gustaría disipar cualquier resto de duda que pueda tener todavía: ¡no tengo nada que ver con una horrible rana! Si su mirada no hubiera estado tan desviada se habría dado cuenta hace tiempo. Algunas cosas sólo se captan en una segunda mirada, que a veces es más profunda que la primera.

Me encanta que mi «osado golpe» haya surtido efecto. Y, como usted supondrá, no es casualidad que haya elegido precisamente a miss O'Murphy. Ya sé que debo dar un poco de alimento no sólo a sus oídos, sino también a sus ojos, mon Duc, y debe disculparme por haber elegido un motivo que aviva sus fantasías eróticas, a pesar de que proteste por «la comida del hambriento».

Y no, no tengo miedo. Ni de la placentera venganza que me promete en su última carta ni de cumplir la dulce promesa que le mandé con el cuadro de Boucher.

Espero impaciente las dos.

Ahora voy con usted, mi dulce Duc, sus deseos son órdenes para mí. ¡Esta noche es sólo nuestra!

Deje que su mano se deslice por todos los sitios permitidos y no permitidos, y luego, en el momento que me parezca adecuado, cogeré esa mano y la pondré entre mis muslos...

¡Duerma bien!

La Principessa

No sé dónde se me había acumulado toda la sangre cuando llegué al final de esa carta. Me aparté del borde del escritorio, me recliné en el sillón y solté con fuerza todo el aire que tenía en los pulmones. ¡Era increíble! Esa carta era mucho peor que la imagen más atrevida de cualquier pintor, se llamara Boucher o no. Agarré la copa y la vacié de un trago. No podía pensar en dormir. Pero me juré a mí mismo que la Principessa tampoco iba a pegar ojo esa noche «que era sólo nuestra».

Me disponía a escribirle una carta que iba a superar con creces la suya. Iba a ser como una sombra ardiente para ella y me iba a ocupar de que se revolcara inquieta entre las sábanas hasta que se hiciera de día.

Mis dedos volaron sobre el teclado, escribí sin parar hasta el final. Entonces me detuve un instante, apreté lentamente la tecla que enviaba la carta, y una sonrisa verdaderamente triunfal iluminó mi cara.

Asunto: *La mano, la mano...*

Carissima!

No sé cómo debo castigarla por esa increíble observación con la que finaliza su última carta. ¡Estoy fuera de mí por completo!

«... y luego cogeré esa mano y la pondré entre mis muslos...». Una cosa así no se puede decir sin ser castigada, sin dar a su combatiente amoroso la posibilidad de igualar el ataque.

De ahí mi castigo: esa mano que usted ha dirigido con tanta destreza le va a enseñar lo que es el deseo, se lo prometo.

Todavía no tiene la más mínima idea de que esa mano es capaz de provocar en usted el más profundo gemido que haya dejado escapar jamás... algo muy especial. Pedirá la redención a gritos... y yo no se la concederé.

No apagaré su fuego, no oiré sus súplicas, la someteré a las más dulces torturas. Y sólo mucho, mucho tiempo después, tras su completa capitulación, cuando yo decida, la mano a la que usted ha llamado finalizará la obra que hará su dicha completa.

¡Duerma usted bien también, bellísima Principessa!

Su Duc

12

Todavía hoy no sé cómo aguanté las dos semanas siguientes. Estuvieron marcadas por los preparativos de la exposición, que debía celebrarse a comienzos de junio, y por los doscientos veintitrés mensajes que intercambié con la Principessa.

Por lo que a mí respecta, puedo decir que las noches que estaban llenas de nuestras palabras tiernas y excitantes y los más bellos sueños *no* dormí bien.

El pequeño buzón de mi ordenador se había convertido en mi prisión, que no quería abandonar porque temía perderme alguna carta de la Principessa. Así que iba de un lado a otro como Mercurio, el mensajero alado. Acudía a la galería a trabajar, y si no hubiera sido por Marion, la felicidad me habría hecho olvidar algunas citas. Las invitaciones llegaron de la imprenta y resultaron muy acertadas. Habíamos elegido como motivo de las tarjetas el cuadro de la mujer que quiere algo pero no sabe cómo conseguirlo, y el entusiasmo de Soleil no conocía límites. Fui varias veces a casa de Soleil a contemplar los cuadros nuevos, que por lo general pintaba de noche, y la ayudé cuanto pude siempre que necesitó un consejo. Acompañé a Jane Hirstmann y a su entusiasta sobrina, que no tuvo ningún reparo en llamarme Jean-Luc, a una exposición de arte moderno en el Grand Palais. Me presenté un par de veces en el Duc de Saint-Simon para concretar los detalles de la exposición con mademoiselle Conti, que me pareció menos formal y algo más accesible que otras veces. Su saludo era cada día más amable, le acariciaba el cuello a Cézanne y le ponía un cuenco con agua, mientras nosotros decidíamos dónde colocar o colgar algo. Y cuando se enteró de que «monsieur Charles» también asistiría a la exposición y necesitaría *su* habitación, me lanzó una sonrisa realmente radiante.

—*Smile and the world smiles at you* —tarareé, y aunque esos días seguro que dormía menos que Napoleón en sus mejores tiempos, recorría las calles de París animado y de muy buen humor.

Un día quedé con Bruno en La Palette. Me había perdonado los gritos que le solté por teléfono, e insistió en pagar su apuesta, a pesar de que (naturalmente) lamentaba que no fuera la bella Soleil la mujer que buscábamos. En su opinión habríamos hecho una pareja fantástica.

Continuamos elucubrando un poco más ante una botella de Veuve Clicquot, y enseguida me sentí inquieto porque quería volver junto a mi máquina maravillosa para leer o escribir cartas. Algunos días iba corriendo de la galería a la Rue des Canettes sólo para ver si había llegado correo para mí, y Marion apoyaba las manos en su pequeña cintura y me miraba sacudiendo la cabeza.

—Has adelgazado, Jean-Luc, tienes que comer —dijo Aristide guiñando los ojos cuando en su *jeudi fixe* me puso en el plato el tercer pedazo de *tarte tatin*—. Vas a necesitar fuerzas.

Los demás invitados se rieron sin saber muy bien por qué. Como siempre, reinaba un ambiente relajado en la mesa, pero debo admitir que me sorprendió un poco que ya antes del postre Soleil Chabon y Julien d'Ovideo intercambiaran sus números de móvil y se miraran a los ojos con demasiada intensidad.

Admito que noté un levísimo pinchazo, pero sólo uno muy pequeño, cuando vi a los dos jóvenes bajando la escalera entre risas, y pensé si Soleil habría reanudado la producción de figuras de pan.

Pero luego ayudé a Aristide a fregar los platos y volví a mi tema favorito. Con cierto recelo le entregué las cartas de la Principessa a mi amigo experto en literatura, aunque reconozco que aparté algunos mensajes especialmente picantes. Hacía tiempo que el intercambio de cartas con la Principessa había sobrepasado los límites de la decencia, si bien también comentábamos otros asuntos que en ocasiones eran muy graciosos y divertidos y a veces también muy personales, pero que, por desgracia, por parte de la Principessa nunca eran tan claros como para permitirme a mí, un vulgar mortal, sacar alguna conclusión.

Una de esas noches sin dormir habíamos hablado sobre los «primeros amores», y yo, haciendo un esfuerzo, le conté a la Principessa con todo detalle la desgraciada historia que ni siquiera mis mejores amigos conocían. Si Lucille era la Principessa —una opción que todavía estaba latente en el último rincón de mi cerebro, aunque no se lo había dicho a Bruno porque no quería volver a discutir con él—, por fin sabría lo que de verdad pasó en aquella época. Pero fuera quien fuese la mujer que escuchó mi confesión, reaccionó con increíble ternura.

«Ninguna carta de amor ha sido escrita en vano, querido Duc, tampoco la suya —escribió la Principessa—. Estoy segura de que su entonces amiguita sin corazón hoy ve las cosas con otros ojos. Seguro que esa fue la primera carta que recibió, y puede tener la certeza de que todavía la conserva —esté casada o no— y a veces la saca con una sonrisa de una pequeña caja como si fuera un tesoro y piensa en el chico con el que se tomó el mejor helado de su vida».

Esta carta tampoco se la enseñé a Aristide, aunque no contenía ninguna confidencia erótica. Las palabras de mi amiga desconocida, que yo ya conocía tan bien como los cuadros de mi galería, me habían conmovido y, curiosamente, me hicieron perdonar la traición que había tenido lugar muchos años antes en un camino polvoriento donde olía a mimosas.

Aristide prometió echar una ojeada a las cartas y avisarme en cuanto descubriera algo llamativo. También prometió ir a la inauguración de la exposición. Bien entrada la noche me despedí y me dirigí a toda prisa a casa para proseguir con mis encuentros postales.

Hacía quince días que madame Vernier se había marchado a su casa de verano en la Provenza, así que el fiel Cézanne estaba siempre a mi lado, hiciera lo que hiciese. Era con él con quien yo más hablaba de la Principessa, cuando tarde tras tarde, noche tras noche, escribía mis cartas, murmuraba frases pasando de la euforia al nerviosismo, y me llevaba a la cama los emails impresos de la Principessa para leerlos una y otra vez y embriagarme con sus frases.

Así pasó el tiempo, no puedo decir si despacio o deprisa. Fue un tiempo al margen del tiempo, y yo ansiaba que llegara el día en que le escribiría a la Principessa esa última carta en la que tenía puestas tantas esperanzas.

Entonces llegó el 8 de junio, un día radiante y hermoso.

Fue el día en el que estuve a punto de perder a la Principessa para siempre.

Cuando a primera hora de la mañana descorrí muy contento las cortinas de mi dormitorio y vi el cielo azul y sin una nube, no había nada que presagiara la catástrofe que se iba a producir por la tarde en la inauguración de la exposición.

Y cuando en el momento culminante de este brillante acto, cuyo centro de atención indiscutible fue Soleil Chabon con su vestido largo rojo amapola, besé en la boca a una mujer joven, no podía ni imaginar que el Duc de Saint-Simon se iba a convertir otra vez en el escenario de un drama en el que yo no era del todo inocente.

Al principio todo fue como siempre. Bueno, no del todo como siempre, pues por muchas exposiciones que se hayan organizado siempre se produce ese momento de tensión nerviosa que no desaparece hasta que todos los invitados tienen una copa en la mano, se ha pronunciado un breve y alegre discurso y los redactores culturales recorren la exposición con gesto serio. Cuando se ha llegado hasta ese punto, ya no puede ocurrir que el artista pierda los nervios en el último minuto y —llevado por las dudas histéricas o la excitación máxima— de pronto no quiera hacer acto de presencia.

Y, entonces, igual que tras una difícil operación el cirujano busca *la petit mort* en los brazos de una enfermera, toda la tensión desaparece tan repentinamente que a veces uno se excede y hace cosas sin pensar.

Yo había llegado al hotel a primera hora de la tarde para encargarme de los últimos preparativos. Allí tuve que convencer a una nerviosísima Soleil de que no descolgara algunos de sus cuadros en el último minuto.

—*C'est de la merde!* —murmuró mientras contemplaba uno de sus cuadros, que ya no le gustaba—. ¡Esto es una mierda!

Mademoiselle Conti me había recibido muy nerviosa en el hall de la entrada. Con su vaporoso vestido imperio de *chiffon* azul noche, que se movía alegremente alrededor de sus piernas desnudas, no la reconocí hasta que no la miré por segunda vez. En sus orejas oscilaban unos zafiros en forma de gota, en los pies llevaba unas bailarinas plateadas, y cuando se acercó a mí parecía una pequeña nube de tormenta.

—¡Monsieur Champollion, venga, deprisa, mademoiselle Chabon se ha vuelto loca! —exclamó.

Fui rápidamente al salón donde estaban colgados la mayoría de los cuadros.

—¡Soleil, tranquilízate! —dije con determinación, y aparté a la artista del motivo de su enojo—. ¿Qué es esto, realismo neurótico? —Soleil dejó caer los brazos y me miró como si fuera Camille Claudel poco antes de que se la llevaran al manicomio—. Los cuadros son magníficos, nunca has pintado nada mejor.

Soleil sonrió con desconfianza, pero sonrió.

En un cuarto de hora la había tranquilizado tanto que se dejó llevar hasta uno de los sofás, donde le serví una copa de vino tinto.

Pero su estado de ánimo se recuperó del todo cuando apareció Julien d'Ovideo. Se pudo ver claramente cómo la niña acobardada pasó a ser una reina orgullosa que recibió a su admirador con una sonrisa radiante. Aparte de este pequeño incidente, la tarde no podía ir mejor. Había acudido todo el mundo: gente importante, gente agradable, y los inevitables *rats d'exposition*, esos chiflados que aparecen en todas las inauguraciones, estén invitados o no.

Las salas estaban llenas de gente elegante que charlaba y reía, y en el patio iluminado con grandes antorchas, en el que Marion se había ocupado de que pusieran unas mesas con manteles blancos, los fumadores dejaban caer la ceniza de sus cigarrillos con suaves golpecitos amientras conversaban.

Sonriendo, avancé entre la gente.

Monsieur Tang, mi apasionado coleccionista del país de las sonrisas, estaba encantado con Soleil, quien parecía una enorme flor roja y lo condujo personalmente de un cuadro a otro antes de que una periodista la asaltara con sus preguntas. Aristide me dio una palmada en el hombro y me susurró al oído que todo estaba soberbio. Bruno, con un cóctel en la mano, estaba pensativo ante un cuadro que se llamaba *L'Atlantique du Nord*, y había superado de momento su aversión al arte moderno.

Por encima del murmullo de voces se oían las exclamaciones de entusiasmo de Jane Hirstmann *(Gorgeous! Terrific! Amazing!)*. Su sobrina Janet me dio un fuerte abrazo al saludarme. Esa noche estaba impresionante —no puedo decir otra cosa— con un ceñido vestido de seda verde botella, cuyos finos tirantes se cruzaban en la espalda y dejaban a la vista su piel bronceada. Con el pelo recogido parecía de pronto mucho mayor que en nuestro primer y casual encuentro en Le Train Bleu, y aceptó con ojos chispeantes la copa de champán que yo le ofrecí.

Bittner, mi amigo alemán siempre tan crítico, tampoco tenía nada que censurar. Pasó por delante de los cuadros con una amplia sonrisa, y luego se dirigió a la recepción para susurrar un par de cumplidos a mademoiselle Conti.

—Mademoiselle Conti, ¿sabe que sus ojos son exactamente del mismo color que sus pendientes? —oí que decía—. ¡Son como dos zafiros!, ¿verdad, Jean-Luc?

Yo me detuve, y cuando Luisa Conti se dejó convencer por el encantador «monsieur Charles» y se quitó las gafas negras, tuve que reconocer que tenía razón: dos ojos azul noche se posaron en mí durante unos segundos. Luego mademoiselle Conti se volvió a poner las gafas y sonrió a Karl Bittner, quien le ofreció una copa de champán.

—¡Está exagerando, Charles! *Merci,* muy amable. —Cogió la copa de la mano de Bittner.

Yo también quería decir algo agradable.

—¡Por la mujer de ojos de zafiro que hoy ha evitado que pasara lo peor! —dije, y brindé haciendo un guiño a mademoiselle Conti—. Y muchas gracias de nuevo por su amable colaboración en todo este asunto. Está todo estupendo.

—Sí —dijo Bittner, como si mis palabras fueran dirigidas a él. Se apoyó con indiferencia en el escritorio de anticuario y se echó tanto hacia delante que su mano casi rozaba el vestido de mademoiselle Conti—. Este lugar tiene un ambiente realmente especial. Un marco espléndido para los cuadros de Soleil Chabon, que son

—asintió con reconocimiento— realmente notables. ¡Sin duda! —Luego la atención de Karl Bittner ya no se centró en mí, sino en la mujer que estaba tras el escritorio con las mejillas sonrojadas—. ¿Qué maravilloso perfume es ese? ¿Heliotropo?

Dejé a los dos tortolitos. Di un par de vueltas por las salas, me bebí un vino aquí y otro allí, y salí un momento al patio, que ya estaba vacío.

Me acerqué a una de las mesas redondas que estaba cerca de la pared y miré el cielo. Se extendía sobre la ciudad como una bóveda oscura, y se veían algunas estrellas, lo que no es frecuente en París.

Satisfecho, encendí un cigarrillo y solté el humo en el aire de la noche. Me sentía llevado por una ola de simpatía y cordialidad. La vida en París era maravillosa, el vino se me había subido un poco a la cabeza, y la carta que la Principessa me había escrito ese día y en la que hablaba de «entrega total», «ansias imposibles de calmar» y otras cosas que no se pueden contar me hacía sentir una agradable inquietud que no conseguía dominar.

—¿Tendría un cigarrillo para mí?

Una mujer delgada con un vestido verde botella apareció a mi lado. Era Janet. Un mechón que brillaba como el bronce a la luz de las antorchas se le había soltado y caía sobre sus hombros desnudos.

—Naturalmente... claro que sí. —Le ofrecí la cajetilla y encendí una cerilla. La llama vibró un instante en la oscuridad y vi la cara de Janet muy cerca de la mía.

Me agarró la mano que sostenía la cerilla, se inclinó hacia delante para encender el cigarrillo, dio una profunda calada, y entonces sucedió.

En vez de soltar mi mano, que seguía sujetando la cerilla encendida, Janet apagó la llama de un soplido y me acercó hacia ella sin decir una palabra.

Yo estaba demasiado sorprendido como para reaccionar. Me tambaleé como un borracho mientras la bella americana me besaba, y cuando noté la lengua de Janet en mi boca era ya demasiado tarde.

Todo lo que se había acumulado en mi interior salió en ese breve y callado instante de una pasión que quería desatarse, aunque con otra persona diferente.

Aturdido, di un paso atrás. Se oyó el ruido de la puerta, en el patio sonaron unos pasos, y salimos de las sombras de la pared.

—Perdona —murmuré.

Algunos invitados habían salido al patio y se reían.

—No tiene que pedirme perdón. Ha sido culpa mía. —Janet sonrió. Estaba muy seductora. Pensé en la Principessa. Pero Janet no era la Principessa. No podía serlo, pues cuando vi por primera vez a la atrevida sobrina de Jane Hirstmann en Le Train Bleu ya había intercambiado varias cartas con mi misteriosa desconocida, a la que «conocía sin conocerla».

En algún lugar remoto de mi cerebro sonó una señal de aviso. Sacudí la cabeza.

—¿Le traigo algo de beber?

La noche llegaba a su fin.

Aristide Mercier estaba delante de la recepción. Era uno de los últimos en marcharse, y se estaba poniendo el abrigo.

—¡Ha sido maravilloso, *mon Duc! Quelle gloire énorme!* ¡Una velada estupenda!

Yo pensaba lo mismo. Cuando me dirigí hacia el guardarropa para recoger mi abrigo vi de reojo cómo Aristide se despedía de Luisa Conti con una leve inclinación y cogía un librito que había junto al libro de registros.

—¡Oh! ¿Lee usted a Barbey D'Aurevilly? —preguntó sorprendido—. ¡Qué lectura tan poco habitual! *La cortina roja*... Una vez acudí a un seminario sobre esta obra...

Oí a medias cómo se iniciaba una pequeña conversación en la recepción. Me puse la gabardina y guardé el paquete de tabaco en el bolsillo.

Pensé por un momento en Soleil, que un cuarto de hora antes había desaparecido, entre risas y susurros, en la oscuridad de la Rue de Saint-Simon, colgada del brazo de Julien d'Ovideo. Pensé en Janet, en sus cálidos labios en mi boca, y en que gracias a esa deportividad tan propia de los americanos no se había tomado a mal mi rápida retirada. Pensé si la Principessa habría reaccionado a la respuesta que yo había redactado a toda prisa antes de salir hacia el Duc de Saint-Simon.

Entonces noté un pequeño papel en el bolsillo de mi abrigo.

Pensé que sería la cuenta de algún restaurante y la saqué con la intención de arrugarla y tirarla a la papelera.

¡Cómo podía imaginar que tenía en las manos mi sentencia de muerte!

Miré el pequeño papel con incredulidad. Alguien me había dejado una nota.

Y ese alguien no era otro que la Principessa.

Mi querido Duc, le advierto que si vuelve a besar a esa bella americana en el futuro tendrá que renunciar a nuestra correspondencia... Ya he visto bastante y ahora mismo marco una distancia entre nosotros.

Su disgustada Principessa

Necesité un par de segundos para darme cuenta de lo que ocurría.

La Principessa me había visto besando a Janet. Me había pillado in fraganti y le daba igual que hubiera sido Janet la que me había sorprendido con su beso.

En otras palabras: la Principessa había estado allí, en la exposición, en aquellas salas.

Suspiré y dejé caer el papel. ¡Maldita sea, maldita sea! Un segundo después me abalanzaba sobre la recepción, donde Aristide le estaba haciendo una pequeña lectura privada a mademoiselle Conti, que le observaba muy entregada desde su sillón.

—¡Mademoiselle Conti! —Hasta yo noté que me salió un gallo—. ¿Ha visto si alguien se ha acercado a mi abrigo?

Dos pares de ojos atónitos se clavaron en mí.

Aristide interrumpió su lectura y mademoiselle Conti me miró asombrada.

—¿Qué quiere decir con «acercarse a su abrigo»? —me preguntó muy despacio, como si hablara con un enfermo—. ¿Hay algún problema?

—¿Ha metido alguien algo en mi abrigo, sí o no? —le grité. Me planté delante de ella sacudiendo uno de los bolsillos.

—¿Cómo voy a saberlo? No soy la encargada del guardarropa —contestó encogiendo los hombros.

Aristide levantó la mano con gesto serio.

—¡Cálmate, Jean-Luc! ¿Qué forma de comportarse es esa?

—¡Mademoiselle, por favor, haga memoria! —exclamé ignorándole. Me tambaleé un poco, me sentía raro, fuera por el alcohol o por la repentina excitación, y me agarré al escritorio que pocas horas antes había sido testigo mudo del flirteo primaveral entre monsieur Bittner y mademoiselle Conti. Pero había cambiado el tiempo y ahora un viento helador parecía barrer la recepción.

—Usted ha estado aquí todo el tiempo. ¡Tendría que haber visto si alguien ha metido algo en mi abrigo! —repetí con terquedad y gritando de nuevo.

Los ojos de mademoiselle Conti brillaron detrás de las gafas como dos diamantes negros.

—Monsieur, se lo ruego... Está usted borracho —dijo con frialdad—. No he visto a nadie. —Sacudió la cabeza con gesto de desaprobación, y sus pendientes azules se movieron con agresividad—. ¿Quién iba a meter algo en su abrigo...? ¿O tal vez quiere decir que alguien ha *sacado* algo de su abrigo? ¿Le falta algo?

La miré con rabia.

La Principessa se me había escapado. Y estaba muy enfadada con el Duc, eso lo tenía claro. ¿Qué iba a pasar ahora?

Me sentía inseguro y furioso a la vez, estaba enfadado conmigo mismo, y descargaba mi rabia impotente sobre Luisa Conti, a la que no parecía interesarle todo aquel asunto, sino las palabras mordaces.

—¡No, no me falta nada! Y no veo la diferencia entre meter y sacar, independientemente de que haya bebido una copa de vino de más —gruñí—. No busco a un ladrón, ¿sabe?

Aristide seguía nuestro pequeño altercado conteniendo la respiración.

—¿No? —Mademoiselle Conti levantó las cejas—. Entonces, ¿qué está buscando?

—¡Una mujer! ¡Una mujer maravillosa! —grité desesperado.

—Bueno, usted no tiene problemas para eso, monsieur Champollion. —Luisa Conti sonrió, y puedo jurar que fue una sonrisa provocadora, aunque Aristide dijera después que me la había imaginado debido a mi excitación—. El mundo está lleno de mujeres maravillosas —prosiguió, retorciendo el cuchillo que me había clavado en el estómago—. ¡Escoja una!

Solté un grito gutural. Faltó muy poco para que me lanzara sobre esa pequeña bruja que hurgaba en mi herida con sus alegres comentarios.

Entonces noté la mano de Aristide en el hombro.

—¡Vamos, amigo! —dijo con determinación, haciendo a mademoiselle Conti un gesto de disculpa—. Será mejor que te lleve a casa ahora mismo.

13

Tres días más tarde tenía el ánimo por los suelos. Ocurrió lo que me había temido.

Lo peor no fue el horrible dolor de cabeza con que me desperté la mañana siguiente a la inauguración. Ni tener que llamar ese mismo día —siguiendo el consejo de Aristide— al Duc de Saint-Simon para disculparme ante mademoiselle Conti por mi inaceptable conducta (si bien ella reaccionó con bastantes reservas a mis excusas).

Lo que me resultó realmente insoportable, lo que me agobiaba día y noche y me llenaba de pánico era el hecho de que la Principessa ya no contestaba mis cartas.

No sé cuántas veces al día volé a casa con la esperanza de encontrar un email de la Principessa en mi correo. Por las noches me despertaba y corría al cuarto de estar con la repentina certeza de que la Principessa me acababa de escribir en ese momento. Cinco minutos después volvía desilusionado a la cama y ya no podía dormir. Fue horrible. La Principessa guardaba silencio, y entonces tuve claro hasta qué punto me había acostumbrado a recibir sus cartas, a ese intercambio de pensamientos y sentimientos que tenía lugar todos los días, sí, a veces a todas horas, que daba luz y color a mi vida y alas a mis sueños.

Echaba de menos las pequeñas bromas y confesiones, los grandes anuncios y las propuestas eróticas, en las que unas veces iba uno por delante, otras veces el otro; me faltaban los mil un besos que volaban a través de la noche hasta mí, las historias que mi Sherezade sabía contar, las imágenes que me dibujaba, su burlón reproche de «¡No sea tan impaciente, querido Duc!».

Al principio no le di suficiente importancia al asunto, lo admito. Sabía que la Principessa se había enfadado, pero me creía capaz de poder conquistarla de nuevo con palabras bonitas.

Contesté a su breve nota, naturalmente. La mañana siguiente me senté ante el ordenador y escribí a la furiosa dama un ingenioso email en el que le explicaba que no tenía ningún motivo para estar celosa, que la bella americana no me interesaba lo más mínimo, que no había pasado nada y que ese pequeño incidente era una *quantité négligeable*, «¡tiene que creerme!». Sonreí al enviar el email. Pero esa misma noche ya no sonreía.

Cuando comprendí que no iba a recibir ninguna respuesta, me olvidé de las bromas, lo atribuí todo a la tensión y al exceso de alcohol y reconocí que había pasado algo, esas cosas que ocurren a veces, pero que no tenía nada que ver con ella, con la Principessa, y le pedí que no fuera tan testaruda y se mostrara como la persona generosa que yo había aprendido a apreciar y se reconciliara conmigo.

Tampoco recibí ninguna respuesta a este email. La Principessa se mostraba sumamente obstinada. Me derrumbé, y yo también me puse furioso.

En mi tercer email le expliqué que no se podía hacer una montaña de un grano de arena, que su reacción me parecía muy infantil. ¡Qué ridículo montar todo ese drama! Así que, si quería, podía seguir enfadada, yo por mi parte tenía cosas más importantes que hacer que perseguirla para pedirle perdón.

Después de este mail me sentí bien durante una hora. Llevado por la vanidad y el orgullo, me fui a pasear con Cézanne y avancé con paso decidido por las Tullerías, que estaba lleno de parejitas. Pero cuando volví a casa con las esperanzas renovadas, con la equivocada idea de haber hecho entrar en razón a la Principessa, el buzón seguía vacío, y una ola de tristeza se llevó mi orgullo.

En un cuarto email escribí (sin muchas ganas) que la Principessa le echaba la culpa a la persona equivocada: yo no había besado a la bella americana, ella me había obligado a besarla *(¡adieu,* Casanova!), esa era la verdad aunque las apariencias jugaran en mi contra. A pesar de todo podía entender su malestar y quería disculparme formalmente.

En el quinto email le dije que había comprendido que con la Principessa no se bromeaba con los besos a otras damas, pero que ya me había hecho esperar bastante, era un pecador arrepentido, que no volvería a ocurrir algo así, que había aprendido la lección, «pero, por favor, escríbame otra vez o dígame qué puedo hacer para que me perdone, su desdichado Duc».

La Principessa siguió guardando silencio. Y debo admitir que yo estaba desesperado.

Llamé a Bruno.

—¡Ya, viejo amigo! —dijo pensativo—. Me temo que has metido la pata. Te has quedado sin la dama. Por otro lado... —Hizo una pausa.

—¿Por otro lado qué? —pregunté impaciente.

—Bueno... en el fondo no la conoces realmente, tal vez sea mejor así...

Solté un gemido.

—¡No, Bruno, así es una mierda! Llámame cuando tengas alguna idea, ¿de acuerdo?

Bruno prometió pensar en algo.

Marion consideró que tenía muy mal aspecto (¿no estarás enfermo, Jean-Luc?). Soleil me miró con compasión y me preguntó si quería que me hiciera un hombrecillo de pan. Madame Vernier opinó que yo trabajaba demasiado. Fue cuando me sorprendió intentando abrir su buzón con mi llave. Se ofreció a quedarse con Cézanne si necesitaba algo de tiempo para mí.

Y hasta la propia mademoiselle Conti, a la que saludé muy apurado cuando esa misma semana volví al hotel con monsieur Tang porque le había gustado un cuadro, me preguntó muy preocupada si me iba todo bien.

—No —dije—. En absoluto. —Me encogí de hombros y le lancé una sonrisa forzada—. Disculpe.

Mi desdicha no se detenía ante nadie.

La tarde del quinto día de mi nueva era quedé con Aristide en el Vieux Colombier para contarle mis penas.

—¿Qué voy a hacer? ¿Qué voy a hacer? —Parecía un disco rayado.

—¡Pobre Jean-Luc, estás muy enamorado de esa mujer! —dijo Aristide, y esta vez no le llevé la contraria—. ¡Insiste! —me aconsejó—. Pídele perdón mil veces si con cien no basta. Dile lo importante que es para ti. Una mujer que te ha escrito esas cartas no tiene el corazón de piedra.

Así que aquella misma noche me senté delante de la pequeña máquina blanca, a la que ya odiaba, y pensé en qué podía escribir para conseguir que la Principessa me contestara. Cézanne se acercó y apoyó la cabeza en mis rodillas. Notaba que yo estaba triste y me miró con sus ojos de perro fiel.

—¡Ay, Cézanne! —suspiré—. ¿No puedes escribir esta carta por mí? —Cézanne soltó un gemido compasivo. Apuesto a que me habría escrito la carta si le hubiera puesto de nombre Bergerac. Pero como no era así, se me tenía que ocurrir algo a mí.

Miré la pantalla vacía y volví a mirar la pantalla vacía. Y luego lo di todo.

Asunto: *¡Me rindo!*

Querida Principessa:

Usted no me ha perdonado todavía, y yo ya no sé qué hacer. Con su silencio ha herido mi corazón, mi sistema inmunitario anímico está destrozado, y si YO le he hecho daño con mi descuido, puede estar segura de que USTED me ha hace cien, no, mil veces más daño al mantenerse callada y distante.

Me disculpo, le pido perdón, me arrepiento terriblemente de haber tenido un momento de debilidad, y aunque parezca una excusa estúpida, ¡ese beso no iba dirigido a otra que a usted!

No voy a dejar de asediarla con mis ruegos, pues no puedo creer que eso tan maravilloso que hay entre nosotros se termine. No puede ser, no debe ser así.

¡Sólo pienso en USTED!

Hace pocas semanas yo era un galerista más o menos respetable, hoy sus palabras y sus cartas me han transformado en una persona cuyos sentimientos parecen moverse en una única dirección... hacia usted.

¿Quién lo habría pensado?

Debo decirle que no puedo describir con palabras lo mucho que echo de menos nuestro intercambio de misivas. ¿Y yo? ¿No me echa de menos? ¿Es que ha olvidado todo lo que hemos imaginado, nuestros bellos sueños, nuestras ilusiones? ¿No significan ya nada?

¡Principessa, la echo de menos! ¡Quiero estar por fin con usted!

Sí, siento curiosidad por usted, lo reconozco. Pero no es la curiosidad del voyeur, *no es una curiosidad que sirva sólo a mi propia satisfacción. No es una curiosidad por resolver un enigma y luego todo se acabó.*

Ansío con desesperación amarla y respetarla como nadie la ha amado y respetado jamás.

¿Por qué voy a conformarme con menos si usted es tan infinitamente rica, tan insondable e inagotable?

Y como nunca podré conocerla del todo, no tiene de qué preocuparse. Seguirá manteniendo siempre el misterio, de eso estoy seguro, mantendrá el misterio de su poder sobre mí, con el que me puede dar todo y quitar todo.

¡Nunca he sentido a otra persona tan cerca de mí como a usted!

Y al igual que Cyrano de Bergerac, con el que estos días me siento muy identificado aunque mi nariz no sea tan grande como la suya, afirmo solemnemente: si no la veo pronto, el amor y la pena me consumirán de tal modo que los gusanos de mi tumba sólo van a disfrutar de una frugal comida.

Así que aquí está mi rendición sin condiciones, firmada el viernes 13 de junio, poco antes del amanecer:

¡La amo!

¡Te quiero seas quien seas!

Jean-Luc

Empezaba a clarear cuando, con el corazón encogido, envié el mensaje. Debo reconocer que dudé un instante al escribir la última frase. No porque no lo sintiera de verdad, sino porque me sorprendió comprobar que en esta carta había utilizado por primera y única vez en muchos años la palabra amor. Sí, Aristide lo supo enseguida, todos los que me vieron esos días lo sabían, y ahora —¡por fin!— lo sabía yo también.

Me temía que, si esa carta quedaba también sin contestar, la más bella historia de amor del mundo habría llegado a su fin sin remedio. En ese caso ya podía tirar la pequeña máquina blanca al Sena e ingresar en un monasterio tibetano.

Pero antes de renunciar a todo necesitaba un buen café.

Me sentó bien notar cómo el líquido oscuro y dulce que me bebí a grandes tragos bajaba por mi cuerpo, pero tampoco me hizo despertarme del todo. Me sentía tan agotado como la bayeta de Marie-Thérèse cuando al terminar de fregar la retuerce con fuerza para exprimir hasta la última gota.

Cuando volví al ordenador y me dejé caer en el sillón estaba terriblemente cansado.

¡Pero de pronto me sentí despierto y feliz, y habría arrancado de cuajo todos los árboles del Jardin du Luxembourg!

¡La Principessa había contestado!

Nunca he abierto un email con tanta prisa, nunca he leído con tanta avidez. Cuando vi el asunto se me paró el corazón, pero enseguida sonreí con alivio y sentí grandes ansias de seguir leyendo.

Repasé el email de la Principessa diez, quince veces, no podía dejar de hacerlo. Era como si alguien hubiera iluminado la noche con un gran sol, y de hecho cuando leí la carta por última vez el sol ya entraba por la ventana y se reflejaba en mi escritorio.

Asunto: *¡Mi última carta al Duc!*

Mi querido Duc:

No, no puede ser que los gusanos de los cementerios de París no tengan nada que comer en su cuerpo y al final mueran de inanición, lo reconozco. Los pequeños bichitos deben darse un banquete cuando usted, mi querido Duc, llegue a su tumba feliz y bien alimentado. Pero eso será dentro de muchos, muchos años, pues yo no estoy dispuesta a renunciar a su compañía.

¡Ay, mi querido Duc! Bromeo, pero en realidad tengo el corazón desbordado.

Debo admitir que su última palabra me ha dejado sin habla. Jamás en mi vida he recibido una carta así. Sus palabras recorrieron mi cuerpo como una corriente de calor y llegaron hasta los capilares más finos.

Ha sido el mejor regalo que me podía hacer, y con ello no me refiero a la rendición sin condiciones de un Duc que sabe manejar con destreza su florete, sino a su corazón.

Su maravilloso corazón herido por las flechas del amor.

La acepto con agrado.

Y ahora que he escuchado por fin las palabras que han abierto la última cámara de mi temeroso y orgulloso corazón, debo decirle que, por desgracia, esta será la última carta que la Principessa le escriba al Duc.

Nuestro juego ha terminado, y el Duc y la Principessa tendrán que despojarse de sus disfraces, cogerse de la mano, besarse e iniciar juntos un paseo por la vida real, sea esta cual sea.

Así que le digo «adieu», *mon Duc, y susurro con cariño tu nombre: ¡Jean-Luc, querido!*

¡Y ahora escucha bien! Te voy a plantear una última adivinanza que te llevará hasta tu Principessa, que cerrará esta cuenta de correo en cuanto haya enviado este email. No lo vamos a necesitar más.

Me encontrarás en el fin del mundo... si bien el fin del mundo no es siempre el final del mundo. Ve allí dentro de tres días, el 16 de junio, a la hora azul.

Me despido hasta entonces, con el más delicado de todos los besos, por última vez como

Su Principessa

14

Con el tiempo pasa una cosa muy extraña.

Domina nuestra vida más que ninguna otra dimensión. En realidad todo gira en torno al tiempo que tenemos, el tiempo que no tenemos, el tiempo que nos queda. Ese es el tiempo real. Un día, diez meses, cinco años. Pero luego está también el tiempo que percibimos, que es el hermano caprichoso del tiempo real. Es el que hace que una hora de espera dure treinta cinco horas y que, en cambio, la hora que nos queda para hacer algo importante quede reducida de pronto a ocho minutos.

Se nos escapa, nos persigue, y sólo existe un punto en el que nosotros controlamos el tiempo. Son esos escasos momentos en los que estamos inmersos en el tiempo y por eso no lo notamos. Entonces lo dejamos en suspenso, detenemos todas esas pequeñas ruedecitas que tan bien encajan unas con otras, y vamos en punto muerto por la vida.

Son los momentos del amor.

No sé cuánto tiempo estuve sin moverme, conmocionado por la felicidad, delante de la carta de la Principessa. En algún momento di un salto y bailé por toda la casa como Zorba el griego, a la vez que soltaba de vez en cuando un «¡Sí!» de triunfo.

Cézanne daba vueltas a mi alrededor sin dejar de ladrar, compartía mi euforia, aunque supongo que por otros motivos.

Y así bajamos las escaleras locos de contentos, cruzamos el portal pasando al lado de madame Vernier, que a la vista de mi buen humor soltó un sorprendido «*Bonjour!*», correteamos por el parque, y Marion, que ya me esperaba en la galería, expresó perfectamente cómo me sentía.

—¡Dios mío, Jean-Luc, cómo has cambiado! —dijo—. ¡Eres un hombre nuevo!

Sí, yo también lo notaba, era el elegido de los dioses y todo, todo me iba a salir bien. Había resuelto enseguida el pequeño enigma de la Principessa, y tenía todo el fin de semana para hacer mis averiguaciones.

Si «el fin del mundo», el *au bout du monde,* no estaba en el fin del mundo, como decía la Principessa, seguro que estaba en París. Y entonces sólo podía ser un café o un restaurante que yo tenía que encontrar. Una tarea muy sencilla para un descendiente del famoso Jean-François Champollion, pensé con orgullo.

Pero me había equivocado otra vez. Por última vez.

Si los últimos cinco días sin la Principessa habían transcurrido como los últimos cinco años de un viejo solitario para quien no pasa el tiempo, luego comprobé con horror que los tres días que quedaban hasta mi cita con la bella desconocida se me escapaban entre los dedos como arena del desierto.

Y cuando el lunes por la mañana todavía no sabía dónde estaba el fin del mundo, donde tenía que presentarme al anochecer, a «la hora azul», como había escrito la Principessa, me entró tal pánico que tuve que contenerme para no parar a la gente por la calle para preguntar por el Au Bout du Monde.

Había buscado en todas partes. Primero saqué muy convencido la guía telefónica del pequeño armarito del pasillo, pero no aparecía ningún Au Bout du Monde. Llamé a información y discutí con la impertinente mujer del otro lado de la línea porque me pareció que no buscaba con suficiente interés. Recurrí a la pequeña máquina blanca y escribí las palabras mágicas en el buscador. Salieron trescientas mil sesenta y dos entradas. Había de todo, desde agencias de viajes hasta clubes de alterne. Pero no existía lo que yo buscaba, y habían pasado otras cuatro horas.

Llamé a Bruno, que se alegró por mí de que la Principessa se lo hubiera pensado mejor, pero él tampoco conocía ningún Au Bout du Monde, aunque tuvo la brillante idea de que tal vez podría tratarse de un bar de copas, «por lo de la hora azul, es la hora de los cócteles, ¿no?». No me sirvió de mucho.

Marion creía recordar que el Au Bout du Monde era una discoteca que estaba en el Marais. Julien d'Ovideo consideró que era el nombre de un lugar de encuentro de artistas del grafiti en los suburbios, y Soleil preguntó si no me habría equivocado y se trataba en realidad de algún lugar de Zanzíbar. Luego se ofreció de nuevo a hacerme un hombrecillo de pan.

Aristide, en quien había puesto mis últimas esperanzas, había desaparecido. No le localicé ni en su casa ni en el móvil.

La solución al enigma llegó de quien menos lo esperaba.

Ese lunes marcado por el destino quedé a mediodía con Julien y Soleil en el Duc de Saint-Simon para descolgar los cuadros de la exposición. Me quedaban seis horas para encontrar el fin del mundo. Y cada vez estaba más nervioso. Mademoiselle Conti estaba sentada en la recepción del hotel, como siempre, y en mi desesperación decidí preguntarle también a ella.

—¿El Au Bout du Monde? —repitió muy despacio, y yo ya me imaginaba la respuesta—. Lo conozco bien. Es una pequeña librería especializada en viajes que está muy cerca de aquí.

La miré como si fuera mi hada madrina y sonreí con incredulidad.

—¿Está usted segura? —pregunté.

Ella se rio de mi asombro.

—Claro que estoy segura, monsieur Champollion. Hace unos días encargué allí unos libros. Si quiere le puedo acompañar hasta allí cuando usted acabe lo que está haciendo.

—¡Gracias! —exclamé con excesivo entusiasmo, y en ese momento me habría gustado abrazar a la pequeña Luisa Conti, enfundada en su traje de chaqueta azul oscuro. ¡Quién iba a pensar que el fin del mundo estaba tan cerca! La felicidad estaba a la vuelta de la esquina.

—Pronto voy a dejar el Duc de Saint-Simon —dijo mademoiselle Conti mientras avanzábamos por la estrecha Rue de Saint-Simon.

—¡Oh! —dije, y la miré sorprendido—. Quiero decir... ¿y eso?

Ella sonrió.

—El trabajo en el hotel era provisional. Después del verano iré por fin a la Sorbona. Literatura francesa.

—¡Oh! —dije otra vez. No era muy ingenioso, pero nunca se me había ocurrido pensar que la presencia de mademoiselle Conti en la recepción del Duc de Saint-Simon pudiera ser temporal. Bueno, en realidad nunca había pensado demasiado en mademoiselle Conti, por qué iba a hacerlo, pero me impresionó que fuera a ir a la Sorbona. Me acordé de la animada conversación que habían mantenido Aristide y ella la noche de la inauguración. ¡No, mejor no recordarla!

—¿Se ha quedado mudo? —Mademoiselle Conti me miró con cara de satisfacción. Sus ojos brillaron tras las gafas oscuras. Me pareció más relajada que de costumbre, tal vez la perspectiva de ocupar su nueva plaza la había puesto de buen humor. Era evidente que poco a poco todos iban teniendo algún motivo para alegrarse.

—¡No, no! —dije sonriendo también—. Es estupendo. Sólo estoy sorprendido... La voy a echar de menos.

La miré y pensé que iba a ser así. Se me iba a hacer raro ir en el futuro al Saint-Simon y ver a otra mujer sentada en la recepción. Una mujer que no cambiaba los nombres continuamente y siempre lo sabía todo mejor que nadie. Una mujer que pudiera distinguir entre Jane y June. Una mujer que utilizara un bolígrafo en vez de una pluma Waterman que deja manchas de tinta. Al fin y al cabo habíamos vivido algunas cosas juntos durante ese año. Tuve que sonreír. Antes de caer en el sentimentalismo, algo que atribuí a mi situación de fuerte tensión emocional, añadí:

—Y monsieur Bittner... ¡se va a poner muy triste!

Unos pasos más allá miré intranquilo el reloj.

Eran las cinco y media, tenía tiempo todavía.

Habíamos pasado la tarde embalando y preparando los cuadros. El amable tamil que normalmente hacía el turno de noche y ese día había llegado antes nos echó una mano, y hacía un cuarto de hora que Julien se había marchado con su furgoneta. Soleil iba sentada a su lado tan feliz.

—*Bonne chance!* —me susurró con disimulo al oído al despedirse. Luego la vimos agitar la mano por la ventanilla, hasta que Julien torció por el Boulevard Saint-Germain. Me quedé mirándolos emocionado. Yo también tenía mariposas en el estómago.

¡Por fin me dirigía hacia el fin del mundo, hacia mi bella desconocida! El corazón me latía con más fuerza a cada paso que daba.

En cierto modo hasta me alegraba de que mademoiselle Conti estuviera conmigo. El callado clac-clac de sus tacones tenía algo tranquilizador, sí, me daba seguridad, y me ayudaba a afrontar el camino, que no era muy largo.

Entretanto Luisa Conti me iba hablando de un libro sobre trenes famosos y viajes en ferrocarril que había encargado en Au Bout du Monde, y del viaje en el Orient-Express que se puede hacer todavía hoy. Yo asentía contento, aunque mis pensamientos estaban en otra parte.

De pronto volví a ver a la mujer rubia del andén de la Gare de Lyon, las frases de la última carta de la Principessa aparecieron ante mis ojos, frases a las que les faltaba una voz femenina, y todo esto se mezcló con el parloteo de Luisa Conti sobre un viaje de París a Estambul.

Miré el reloj con disimulo. Habían pasado tres minutos.

—¿Está muy lejos? —pregunté.

Mademoiselle Conti sacudió la cabeza.

—No, enseguida llegamos.

Solté un suspiro sin querer, y mi acompañante volvió a menear la cabeza, esta vez con una sonrisa divertida.

—¿Qué le pasa hoy, monsieur Champollion? Nunca le había visto tan nervioso. La librería está abierta hasta las siete.

¿Cómo era eso de que el corazón desbordado suelta la lengua?

—¡Ay, mademoiselle Conti, si usted supiera! No quiero comprar ningún libro —me oí decir.

Y le conté a la joven del traje de chaqueta azul, que me miraba con atención, lo que buscaba realmente en Au Bout du Monde. Las palabras brotaban por sí solas, los nervios me hacían hablar atropelladamente, y cuando cinco minutos más tarde estábamos delante del fin del mundo, Luisa Conti se había convertido en mi mejor amiga.

—¡Dios mío, qué emocionante! —susurró mientras yo abría la puerta de la pequeña librería—. Espero que encuentre lo que busca.

Me sonrió con complicidad. Luego desapareció en la parte posterior de la librería para recoger el libro que había encargado.

Cogí aire con fuerza y miré alrededor.

El Au Bout du Monde era lo más opuesto a una librería tradicional. Era un sitio fascinante.

Lo primero que vi fue una estatua, una reproducción de la altura de un hombre del David que está en la Piazza della Signoria en Florencia. Había pequeños sofás y mesitas en los que se podía tomar té o café, naturalmente productos de comercio justo. Las paredes estaban cubiertas de estanterías de madera oscura, los libros más valiosos estaban guardados en armarios acristalados antiguos, y en los pocos espacios que quedaban libres colgaban pinturas de países lejanos que hacían sentir cierta nostalgia. Los preciosos libros de fotografías que había por las mesas no se encuentran en las grandes cadenas de librerías.

Pero lo más peculiar era el olor que había en la tienda: olía al sur.

Pasé por delante de las estanterías llenas de libros, cogí un volumen pequeño —el relato de un inglés del siglo XIX que describía su viaje por el Nilo— y le eché un rápido vistazo mientras miraba alrededor con disimulo.

No había mucha gente, y no se veía a ninguna Principessa. Esperé, y de vez en cuando miraba el reloj. Pero a pesar de mi impaciencia no podía escapar a la apacible magia que allí reinaba. La encargada de la librería, una mujer mayor con el pelo gris recogido que estaba tras el viejo mostrador atendiendo a un estudiante vestido con vaqueros y jersey, me sonrió con amabilidad. No tenga ninguna prisa, parecía decir su mirada.

Me dirigí hacia la parte posterior de la librería.

Ante mi sorprendida mirada apareció un jardín de invierno. En un rincón había un viejo vagón con asientos de terciopelo rojo, en los que estaba sentada una mujer pelirroja leyendo. A su lado había una niña pequeña con un enorme lazo blanco en el pelo, y las dos, que debían ser madre e hija, habrían sido un precioso motivo para un cuadro de Renoir. Pero no las conocía.

En otro rincón del jardín de invierno había un enorme sofá blanco con muchos cojines sobre el que pendía una mosquitera de tela clara, al lado de una esbelta palmera. Casi daba la impresión de que el sofá se encontraba en una especie de tienda en medio del desierto. Pero no era Lawrence de Arabia quien estaba allí hojeando un libro, sino Luisa Conti.

Me miró con gesto interrogante, y yo encogí los hombros de forma casi imperceptible. Luego me di otra vuelta por el Au Bout du Monde. Cuando sonó la campanilla de la puerta miré hacia la entrada muy excitado. Pero era el estudiante, que salía a la calle con unos libros bajo el brazo.

—Si puedo ayudarle en algo no tiene nada más que decírmelo —me dijo la amable encargada de la librería a las siete menos cuarto. Seguro que no le pareció muy normal que no dejara de pasearme ante las estanterías con cara de pena. De vez en cuando me dirigía al sofá blanco y hablaba un poco con Luisa Conti, que se había quedado después de que yo se lo pidiera muy nervioso.

Cuando por fin la madre pelirroja se dirigió hacia la caja con su niña de Renoir para pagar y sólo quedaba un señor mayor con bastón delante de una de las estanterías, me senté con Luisa Conti en el sofá y fingí interés por su libro sobre viajes legendarios en tren, escrito por el simpático Patrick Poivre d'Arvor, al que conocía de la televisión.

Era un libro que en cualquier otro momento de mi vida me habría fascinado, con sus preciosas fotos y sus dibujos antiguos.

Pero en ese instante estaba sentado al lado de Luisa Conti, que cada poco me miraba con los ojos muy abiertos, y los nervios me impedían tener los pies quietos. Casi podía notar en mi cuerpo cómo pasaban los minutos.

Tenía el corazón en un puño.

Entonces el señor mayor se despidió con un alegre «*Au revoir*» y la campanilla de la puerta sonó por última vez. Eran las siete, y la Principessa no había llegado.

Tragué saliva.

—Bueno —dije, mirando a Luisa Conti con ojos de pena—. Esto ha sido todo. —Intenté sonreír, pero el fracaso fue tal que mademoiselle Conti me agarró la mano.

—¡Ay, Jean-Luc! —se limitó a decir, y sus dedos acariciaron el dorso de mi mano.

Bajé la mirada y observé la mano pequeña y blanca que quería consolarme. En el dedo corazón había una ligera mancha de tinta que casi me hizo llorar de emoción.

—A lo mejor viene todavía —dijo Luisa Conti con voz apagada.

Yo apreté los labios y sacudí la cabeza. Luego me incorporé e intenté sacudirme todo el dolor.

—Bueno —dije otra vez, lanzando a mademoiselle Conti una mirada de pena—. ¿Tiene planes para esta noche?

Una velada con mademoiselle Conti era lo segundo mejor que me podía pasar.

Luisa Conti pareció vacilar.

—En realidad, he quedado —dijo luego, y en su cara apareció un gesto soñador.

Claro, pensé. Todos tienen su final feliz, menos yo. Ante mis ojos se materializó la figura de Karl Bittner. Me reí. Sonaba amargo.

—Bueno, espero que al menos la persona con la que usted ha quedado sea puntual —dije intentando bromear.

Luisa Conti sonrió.

Miré al suelo y luego volví a levantar la mirada.

Luisa Conti seguía sonriendo, me sonreía a mí, se quitó las gafas muy despacio, y vi sus ojos azul zafiro, que brillaban como un mar callado y profundo. Vi su pequeña nariz recta, su piel clara y transparente, en la que había algunas pecas diminutas, vi su boca bien delineada y roja como las cerezas, y entonces lo supe.

El mundo empezó a dar vueltas, un torbellino atravesó mi corazón, en mi cabeza se agolparon las imágenes.

La tinta del dedo, el desafortunado encontronazo, la porcelana rota. «La felicidad estaba muy cerca». «Me conoce y no me conoce». «¿Sería esta nariz un estorbo para sus besos?».

Louise O'Murphy, Louise, Luisa.

Luisa, que estaba en el andén de la Gare de Lyon con un vestido de verano rojo que se movía con el aire; Luisa, que estaba sentada tras su escritorio y lo veía todo; Luisa, que me había dejado una pequeña nota en el bolsillo del abrigo y me había puesto tan furioso con sus observaciones que me habría gustado zarandearla.

Luisa, que me había escrito todas aquellas cartas maravillosas y sabía dónde estaba el fin del mundo.

—¡Dios mío... Luisa! —susurré, y me tembló la voz.

Cogí su cara entre mis manos.

—¿Eres tú la persona a la que estoy esperando?

Me perdí en esos ojos insondables, deseé esa boca delicada, y no esperé —pido disculpas— el imperceptible gesto de afirmación de mademoiselle Conti.

Con un solo y brusco movimiento, la atraje hacia mí, y cuando nuestros labios se encontraron y noté su pequeña lengua pensé algo tan tonto como: «¡Qué curioso, esperaba a una rubia y me he encontrado a una morena!».

Y luego dejé de pensar.

Ese beso que yo había esperado con más deseo que ningún otro; ese beso que había sido preparado durante tanto tiempo por una mano delicada; ese beso, que fue lo más bonito que he vivido jamás, no quería terminar. El Duc había encontrado por fin a su Principessa. Bajo una mosquitera, en algún punto al final de la Rue du Bac, dos amantes estaban al margen del tiempo.

Y si no me hubiera llamado de pronto Aristide, tal vez se habrían olvidado de nosotros en el Au Bout du Monde. La encargada de la librería habría apagado las luces, habría cerrado la tienda, y nosotros ni siquiera nos habríamos enterado.

Pero nos separamos a desgana y contesté el teléfono.

—¿Sí, qué pasa? —pregunté casi sin respiración.

—¡Jean-Luc, ya lo tengo! *Je tiens l'affaire!* —exclamó mi amigo muy excitado, y no me di cuenta de que había utilizado las mismas palabras que mi famoso antepasado cuando descifró por fin las inscripciones de la Piedra de Rosetta en el caluroso Egipto—. He encontrado una frase en la primera carta de la Principessa que, agárrate, está sacada textualmente de una novela de Barbey D'Aurevilly. Se llama *La cortina roja,* ¿y sabes quién tenía ese libro en su mesa y lo estaba leyendo? ¡No lo vas a adivinar!

Aristide hizo una pausa muy teatral, y yo le aparté a Luisa un mechón de su pelo alborotado, y el suave suspiro que soltó cuando yo no pude aguantar más y rocé impaciente su boca con mis labios quedó sólo para mí.

—¡Es Luisa Conti! ¡Luisa Conti es la Principessa! —Aristide gritó tanto que Luisa también lo oyó.

Me aparté un instante de ella, y ambos sonreímos con complicidad.

—Lo sé, Aristide, lo sé —dije.

Epílogo

Los personajes y la trama de esta novela son inventados.

Pero si algún lector cree que le recuerdan a algo tal vez se deba a que la historia que aquí se cuenta es real. Ocurrió así o de un modo parecido. No siempre hay que viajar hasta el fin del mundo para encontrar la felicidad.

Los escenarios de la novela, los cafés, los restaurantes, los bares y hoteles también existen en la realidad.

El Duc de Saint-Simon ha cambiado de propietario. Que yo sepa nunca ha sido sede de una exposición, y por desgracia ya no se puede adquirir allí la preciosa vajilla que lleva el anticuado nombre de Eugénie. Pero de vez en cuando aparece una jarrita de leche o una taza de *café-crème* en la bandeja de plata cuando se toma el *petit déjeuner* en la habitación.

El Au Bout du Monde se llama en realidad Du Bout du Monde, y no vende libros, pero sí tesoros traídos de todos los rincones del mundo. En este mágico establecimiento de la Rue du Bac se pueden encontrar, deliciosamente mezclados, muebles, estatuas, porcelana blanca con cabezas de ángeles y viejas pajareras.

Y al fondo, cuando se llega al pequeño jardín de invierno, junto a una palmera que casi llega hasta el techo de cristal, a través del que se puede ver el cielo, hay un enorme y cómodo sofá blanco sobre el que cae una fina mosquitera de lino formando una tienda fascinante.

¿Por qué lo sé con tanto detalle?

Bueno... he estado sentado en ese sofá.

Con la princesa de mi corazón.

Y fui muy feliz.

Merci

No sólo los artistas son seres muy especiales. También las personas que escriben pueden destrozar los nervios de la gente que está a su alrededor con sus continuos cambios de humor, entre la euforia total («¡Esta novela va a estar genial») y la más completa desesperación (*«C'est de la merde!»*).

Quiero dar las gracias a mi familia y a mis amigos por haberme aguantado todo este tiempo, que a decir verdad ha sido un tiempo al margen del tiempo. ¡Sois estupendos!

¿Qué habría hecho yo sin vuestra consideración, vuestra paciencia y vuestros consejos?

Un agradecimiento especial para mi editor alemán, que una mañana me animó a escribir este libro durante una inspirada conversación en mi café preferido. Sin él la Principessa y el Duc se habrían quedado en el último cajón de mi escritorio... ¡y eso habría sido una pena!

Si te ha gustado este libro,
no te pierdas *La sonrisa de las mujeres,*
también de Nicolas Barreau.

París y su magia.
Una cocinera encantadora y su pequeño restaurante.
Un libro y su misterioso autor.

En París, de vez en cuando, llueve a cántaros y sopla el viento del norte tan fuerte que parece no haber resquicio donde refugiarse. Como cuando las borrascas llegan al corazón y no sabemos cómo ni dónde esperar a que escampe.

Para Aurélie las casualidades no existen. Una tarde, más triste que nunca, se refugia en una librería y en un libro. Arrebujada en sus páginas, Aurélie reencuentra la sonrisa que creía haber perdido para siempre. Y muchas cosas más.

«Su libro me ha encantado, me ha entusiasmado, me ha hecho reír, y es sencillo y está lleno de sabiduría al mismo tiempo.
En una palabra: su libro me hizo feliz»